LA STAGIONE

dello stesso autore:

A misura d'uomo

Il nome della madre

per scoprire tutti i nostri libri, inquadra il QR code

Roberto Camurri

QUALCOSA NELLA NEBBIA

NNE

I disegni sono opera di Marco Petrella.
Il racconto *Penitenza* è apparso per la prima volta su *Il rifugio dell'ircocervo*.

L'editore è a disposizione del titolare del diritto d'autore dell'immagine di copertina per l'assolvimento di quanto dovuto per il suo utilizzo in accordo con le norme sul diritto d'autore.

www.nneditore.it

A Fabbrico, la mia, che non esiste

For the infinite and ageless
for the meaningless and painless
for the times we shook like rabbits, felt like children
made us ask this
can you see me?
Can you see me?
Oh, can you see me?
Can you see me?
Can you see me?
Hey, can you see me?
For I am changing
but all the same things just come back to haunt me
Counting Crows, *The tall grass*

La casa sul confine della sera
oscura e silenziosa se ne sta
respiri un'aria limpida e leggera
e senti voci forse di altra età
e senti voci forse di altra età

La casa sul confine dei ricordi
la stessa sempre, come tu la sai
e tu ricerchi là le tue radici
se vuoi capire l'anima che hai
se vuoi capire l'anima che hai
Francesco Guccini, *Radici*

Altrove, oltre il tempo e lo spazio, su Fabbrico il cielo smette di essere azzurro.

Improvvise, le nuvole si stringono e si abbracciano. Bianche, all'inizio, e poi grigie, nere, di un nero minaccioso e denso, greve. Sono nuvole basse, adesso, schiacciate su quella terra che tende all'infinito. Ricoprono i campi e le strade, il cimitero in fondo alla strada, lasciano chiare le cime delle montagne che si innalzano all'orizzonte.

Nuvole rumorose di tuoni e luminose di lampi, di rabbia che sembra divina.

Liberano prima le gocce di pioggia e poi il ghiaccio, che si fa pesante e pericoloso. Si schianta sui giardini, lascia segni, buchi che sono bombardamento, panorama di guerra. Al centro del cortile della casa, quella dai cinque comignoli, dal tetto di tegole nere, la strega di Fabbrico apre le braccia.

È vestita di nero, come sempre. Le scarpe tenute insieme con il nastro adesivo, il cappuccio sollevato su capelli lunghi e raccolti, gli occhi chiusi e il viso invecchiato.

Non guarda nulla e guarda ogni cosa.

Guarda Fabbrico, la vede nascere, guarda i campi e i mattoni delle case, il cemento a tenerli insieme. Fabbrico diventa quella che è, le paludi bonificate, i carri e gli aratri trainati da animali, poi i motori, i trattori, vede il catrame e le strade. Sente l'odore dell'asfalto intrecciarsi con quello della grandine, respira.

Guarda le storie raccontate e quelle che non lo sono state, che non lo saranno mai.

Solleva il viso verso il cielo assordante, quella grandine che non la sfiora, ciò che rappresenta. È immobile davanti alla casa abbandonata, le braccia aperte, gli occhi ancora chiusi e, per la prima volta, sorride.

Voglio scrivere storie diverse, lo giuro.

Dinosauri sprigionati dal centro della terra che emergono per distruggere città, robot che conquistano la consapevolezza di sé e rendono schiavi gli esseri umani. Vorrei scrivere di invasioni aliene, astronavi che planano sopra le nostre teste. Sono figlio unico e queste storie mi hanno salvato dal morire di noia. In realtà scrivo storie di provincia ambientate in un paese che non ho mai visto davvero, Fabbrico. Storie di emozioni e sentimenti, intimiste. Che speravo avrebbero riempito il vuoto, riempito il buco che ho sempre sentito tra lo sterno e lo stomaco.

Mio padre è ortopedico in ospedale. Era sempre fuori casa e, quando tornava, aveva tempo solo per i suoi hobby: i soldatini che pitturava nel suo studio, i libri, le cene che organizzava con i suoi amici. Ho sempre creduto di dargli fastidio, forse per questo ho iniziato a leggere presto: entrare in comunicazione con lui, scoprire cosa ci fosse di così interessante – più interessante di me – in mezzo ai libri a cui si dedicava le domeniche in cui era a casa, sulla sua poltrona, senza concedermi uno sguardo.

Mi ricordo ancora la faccia di mio padre quando a cena, avevo quattro anni, mi sono alzato in piedi e ho iniziato a leggere l'etichetta della bottiglia di vino. Mi ricorderò per sempre l'ammirazione nei suoi occhi, il pensiero di aver cresciuto qualcosa di meglio di un soprammobile.

Mia madre era casalinga, lavava e puliva, faceva la spesa, cambiava lampadine, montava mensole, stava nel pratico, e nel pratico taceva, sbuffava. La sentivo parlare soltanto quando telefonava alle sue amiche, quando mi obbligava ad andare con lei agli aperitivi. La guardavo muovere le mani, spostare la cannuccia e bere direttamente dal bicchiere mangiucchiando il ghiaccio del Crodino col porto, l'arancia. La cannuccia è per i froci, sussurrava ogni tanto, al terzo o al quarto bicchiere, mi faceva l'occhiolino.

Era bellissima e adeguatissima, sempre. Non perdeva mai credibilità, né quando in tuta, in casa, teneva chiodi stretti tra le labbra e martellava, né quando uscivano a cena per qualche convegno medico, mio padre e lei, inguainata nei suoi vestiti eleganti.

Crescendo, ho sperato di prendere da lei, da loro, nel portamento e nella sicurezza, nella disinvoltura, nella calma e nella tranquillità.

Prima di scrivere ho ascoltato mio padre: studia, trovati un lavoro, uno stipendio, sposati, fai un figlio. Mi fidavo, credevo che essere come lui mi avrebbe portato al sicuro, avrebbe ucciso le fantasie utopiche del mio cervello.

Ho fatto l'operaio in officina, il magazziniere, il barista, il cameriere, mi sono laureato e ho incorniciato il diploma nascondendolo, poi, dietro la porta del mio studio. Copre il contatore del gas.

Quando mia moglie lo teneva in mano, durante le pulizie di primavera che la rendevano così euforica per i cambiamenti – spostiamo il divano, mettiamo la vetrinetta che ci hanno regalato i tuoi su quest'altra parete –, lo guardavo e nulla si muoveva dentro di me, nessun ricordo, nessuna malinconia dei tempi andati, degli amici che non avevano più un viso. Mi chiedevo cosa fosse successo in quegli anni passati sui libri.

Non mi ricordavo nulla.

Pensavo solo che mio padre avesse torto, che l'averlo ascoltato non aveva messo a tacere un cazzo di niente.

Ho terminato il peregrinare dei lavori quando un giorno mi hanno telefonato dall'ufficio di collocamento, una cooperativa sociale stava cercando un educatore, mi sono presentato al colloquio:

Hai esperienza con la salute mentale? Ci hai già lavorato?

No.

Sei assunto.

La prima regola è stata: il rispetto ce lo si guadagna, non è il ruolo a definirti.

Eravamo su un autobus, io e questa signora che seguivamo. La stavo accompagnando a una visita in centro città, c'erano persone che ci osservavano, non tante. L'autobus era mezzo vuoto. Le avevo tenuto il bastone, l'avevo sorretta per il braccio nell'aiutarla a salire, mentre a fatica si sedeva su quel seggiolino di plastica. La città, piano, si muoveva fuori dal finestrino, c'erano state frenate brusche e lei che si aggrappava a me, i suoi sorrisi e i ringraziamenti. Sembravo il nipote di quella donna elegante. Vedevo negli occhi degli altri passeggeri la compassione, i pensieri che partorivano nel vedere la testa di lei appoggiata alla mia spalla, li vedevo cambiare quando, a un certo punto, alzavo la voce, quando dicevo a quella signora che non avrebbe dovuto rompere il cazzo, la mia voce autoritaria, arrabbiata.

Il mio ruolo mostrato al mondo.

I visi giudicanti, gli occhi accigliati, i colli piegati di lato, il disprezzo in quelle labbra strette che non hanno sentito la donna, minuta, elegante, anziana e sorridente, sussurrarmi che aveva voglia di prendermelo in bocca, di prendere a bastonate la negra di merda che adesso mi guardava con biasimo.

Questo lavoro è la cosa più difficile della mia vita. Mi lascia spesso senza forze, stremato. Accettare che una mia decisione influisca sull'esistenza di un essere umano, le conseguenze, non avere un manuale di istruzioni, capire dove fermarmi, dove smette di essere una mia responsabilità.

Osservare una vita andare a rotoli sapendo che non posso salvarla.

Mi chiedo spesso cosa me lo faccia fare, cosa mi faccia restare lì, non cercare nient'altro, guardare i miei colleghi sfiniti licenziarsi, vedere il loro entusiasmo iniziale spegnersi, accogliere quelli nuovi, restare distaccato, spiegare loro che è lavoro, che devono camminare sul filo, lasciarsi andare emotivamente e difendersi – proteggersi – allo stesso tempo. Nascondo il fatto che mi piace essere stronzo, dire a brutto muso alla signora di non rompere il cazzo, alzare le spalle, allargare le mani, trincerarmi dietro un: è il mio ruolo, devo fare così.

Provo attrazione per la crepa che ha spaccato la vita dei matti, il momento in cui lo sono diventati, in cui hanno rotto le convenzioni. Il loro dolore è una calamita. Lo è l'invisibilità della loro condizione, far parte di una società che li dimentica, vivere ai margini. Provo eccitazione e paura quando penso alla linea che divide la sanità mentale dalla follia, una linea così sottile da essere impercettibile.

So che potrei oltrepassarla da un momento all'altro.

Mi affascinano le loro crisi, quando escono da questa realtà per entrare in contatto con un dolore – un trauma – così forte da dover essere trasfigurato per poterlo gestire. Mi sembra di riconoscerlo. Che sia mio.

Ho scritto un libro che parlava di come ci si possa sentire in gabbia di fronte all'infinito, ora, nei racconti che ho iniziato, sento che c'è qualcosa di diverso, qualcosa che non capisco. Voglio scoprire dove mi sta portando, ascoltare ciò che mi sta chiamando.

Ho molta paura.

Fabbrico è là in fondo, oltre il finestrino, oltre la sporcizia di quel vetro, oltre i campi che si stendono, e lì, al centro di tutta quella campagna, Alice stringe gli occhi e la vede, la immagina, la ricorda.

Vede il paese in cui è nata, dove è cresciuta, la piazza che non è una piazza, quella strada che finisce sotto la chiesa, sotto il monumento ai caduti della Prima guerra mondiale, vede le case, vede le strade, l'asfalto e lo sterrato, vede i colori, il cielo sopra quel paese al centro di una pianura sterminata, il cielo che è lo stesso di ovunque e che lei percepisce diverso, sente la commozione che le sale lungo la pelle, che le stringe il collo, che le inumidisce gli occhi. Fabbrico l'attende, come ogni volta. E, quando l'autobus svolta per entrare nella piazzola, Alice sospira.

Jack la sta aspettando, è vestito elegante, ha la camicia di flanella dentro i pantaloni da lavoro, i capelli raccolti, la parte superiore della testa riflette il sole tiepido di un ottobre che resta attaccato all'estate con le unghie. Ai suoi piedi c'è un barboncino spelacchiato che Jack ha chiamato insensatamente Cujo, è sdraiato, il muso appoggiato sulle zampe anteriori. Alice ha solo uno zaino, viene una volta al mese e sta sempre una settimana. Dorme da Jack.

Si abbracciano per un attimo, poi Jack rolla una sigaretta e lei gli dice che poteva rollarsela prima, che non ha voglia di aspettare, Jack le risponde che fuma solo quando arriva lei, che smette quando riparte, dice che è un rito, per darsi disciplina, gliel'hanno insegnato in comunità che ci vuole disciplina.

Quando sorride, Jack ha i denti davanti che mancano e mancano anche quelli in fondo, ne ha uno solo sulla gengiva di sotto, ha le labbra che gli rientrano e, quando sono insieme, sembra che abbiano vent'anni di differenza, sono coetanei.

C'è una leggenda che viene tramandata su Jack, una leggenda che narra di lui e di una sera di luna piena, di un cielo d'autunno e di un fuoco acceso fuori dalla casa dalle cinque punte. Di lui che si alza in piedi, illuminato dalle fiamme e dalla luna, che senza dire una parola guarda quella casa e afferra una bottiglia di Jack Daniel's, di lui che resta immobile, la bottiglia stretta in una mano, i capelli che iniziavano a diventare lunghi, dell'ululato che lancia nel cielo traboccante di stelle, della bottiglia portata alla bocca e finita in un sorso, senza mai prendere fiato. È una leggenda che lo ha battezzato, che ha cancellato il nome di prima. Un rito di passaggio che lo ha fatto smettere di essere Andrea, rendendolo per sempre Jack.

Alice non c'era, probabilmente avrebbe provato a fermarlo, dissuaderlo, non ci sarebbe riuscita. Non lo sa nessuno che erano e sono amici, che lei torna a Fabbrico solo per lui. Jack è una di quelle persone che se gli dici di fare una cosa la fa, la fa sapendo che tu sarai contento e, della tua contentezza, sarà grato. È così da sempre, non è mai stato accettato per quello che è, è sempre stato lo sfigato, quello che alle medie lo prendono in giro tutti, quello che si fa rubare la merenda dai più grandi, che viene rinchiuso nei cessi. Una volta, in seconda media, quelli di terza gli avevano fatto mangiare il pezzo di gnocco con la mortadella che si era portato da casa mettendoci dentro della cioccolata, lui non aveva fatto una piega, aveva sorriso mentre addentava, mentre tutti lo fissavano sbalorditi e impauriti, senza troppa voglia di mettersi in mezzo per difenderlo, per dire qualcosa, aiutarlo. Lui era spalle al muro, il corridoio ruvido, guardava negli occhi i tre che gli stavano di fronte e sorrideva e mangiava, boccone dopo boccone, buonissimo, aveva detto alla fine.

Jack ha i capelli raccolti che sono bianchi e lunghi fino alla schiena, non si arrende a rasarli, lei lo prende in giro ogni volta, ogni volta gli dice di tagliarsi quei capelli, che sembra un malato di mente, lui la guarda e le risponde, solo per i capelli, vero?

Alice si guarda attorno, spera che nessuno la veda, che nessuno la riconosca. Da quando è andata via da Fabbrico la sua vita è cambiata, finire in televisione, sulle copertine dei giornali, è stato qualcosa che è successo senza che lei si rendesse davvero conto del come. Ora, ogni volta che torna a Fabbrico, un'emozione molto simile alla vergogna l'assale e l'idea che qualcuno possa fermarla per strada, chiederle una fotografia, un autografo, o peggio guardarla con superiorità e fastidio, le fa salire l'ansia.

Salgono sull'Ape azzurra che aspetta parcheggiata al posto dei disabili, Cujo li segue, ha il muso imbiancato, cammina lento, gli occhi sono spenti, si vede che è vecchio. Jack lo incalza, dai, vecchiaccio, dice, muoviti che non possiamo far aspettare la principessa, poi guarda Alice con un sorriso allegro, e lei si china sulle ginocchia e prende Cujo in braccio, ha il fiatone, lo accarezza mentre Jack mette lo zaino nel cassone dell'Ape.

Nell'abitacolo stanno stretti, Jack profuma di erba appena tagliata, di cibo e di chiuso, profuma di terra, di polvere. Profuma dello stesso odore che si sente lì fuori, dell'asfalto che percorrono lentamente, della zona industriale che attraversano, della campagna che si allunga e si distende, dei campi e dei filari di alberi da frutto, le mele che venivano a rubare da bambini, quando correvano lungo quei fossi giocando a nascondino. Il sole è là dove c'è il campo da calcio.

C'è stato un tempo in cui Alice e suo padre seguivano il Fabbrico anche in trasferta, gli anni eroici del girone di Eccellenza, lo stadio era vicino alle scuole e le tribune erano sempre piene, adesso il campo lo hanno spostato e non ci sono nemmeno le tribune. Alice guarda il parcheggio fuori dal bar che frequentava da adolescente, le poche macchine di chi va in palestra la mattina, anziani in riabilitazione e madri a recuperare la forma, guarda il palazzetto dove giocava a pallavolo, si ricorda della volta in cui aveva in testa un cappello con i paraorecchie, si ricorda gli sguardi e le risate dei ragazzi più grandi, le piaceva quel cappello, lo indossava con orgoglio, poi non l'aveva più messo, e pensa, di fianco al suo amico, che oggi il cappello l'avrebbe indossato, alla differenza fra chi era e chi è, al non avere il coraggio di essere sua amica davvero, alla luce del sole. Pensa ai segni che ti lasciano le prese per il culo, al fatto che, dopo vent'anni, ti restano ancora dentro e ti fanno stare, oggi, come stavi allora. Le sembra di non essere padrona della sua vita, delle sue scelte, vorrebbe non essere mai scesa da quell'autobus, vorrebbe fermarsi al bar con Jack, sedersi lì fuori e bere Campari con ghiaccio e limone, vorrebbe essere a casa sua, non tornare mai più a Fabbrico. Si sente piena di contraddizioni, incapace di decidere per se stessa, le sembra, quasi, che qualcuno stia decidendo per lei.

Lui si mette a parlare, urla nel frastuono dell'Ape, dice che c'è un'invasione di topi, che sono cresciuti indisturbati nel magazzino del pastificio, Alice ascolta e non sa cosa pensare. Se lo ricorda quattro anni prima, quando il pastificio è fallito: le proteste degli operai. C'erano famiglie intere a lavorare lì dentro, mariti e mogli, padri e figli, madri e figlie, si ricorda i muri del pastificio addobbati con le foto giganti dei bambini che si sarebbero ritrovati con entrambi i genitori senza stipendio, che avrebbero fatto fatica a mangiare, si ricorda le sfilate in piazza, i lavoratori mossi da una vita che appariva senza scopo. Sembra che in questi quattro anni nessuno abbia fatto niente e che quintali – tonnellate – di pasta all'uovo siano rimasti lì a giacere senza che a qualcuno venisse in mente che avrebbero potuto diventare cibo per topi e, adesso, dopo quattro anni, eccoli lì: usciti dal loro enorme nido a conquistare il paese.

Voglio vederli, dice.

Ti ci porto, dice Jack, non adesso.

Passato il parcheggio, il bar, girano a destra, verso la rotonda, tengono ancora la destra per uscire dal paese, verso la campagna.

Non facciamo San Genesio? chiede Alice.

Lui dice di no, dice che la strada è così dissestata, adesso, che l'Ape non ce la fa, che ha paura di rimanere bloccato lì, poi, aggiunge, da quando ci passa in mezzo la provinciale San Genesio non è più la stessa strada, non la faccio più.

Passano davanti alle villette del quartiere nuovo dietro il ferramenta, è vent'anni che l'hanno costruito deturpando la campagna, per tutti resterà sempre il quartiere nuovo, le case sono rosse, arancioni, ci sono fiori sui balconi, nei parcheggi vuoti erbacce spuntano fra i ciottoli. Il rumore dell'Ape è ipnotizzante, sembra che il motore sia dentro l'abitacolo, i finestrini sono aperti e la leggera aria di quell'autunno così tanto somigliante all'estate è piacevole, Cujo si allunga per goderne il più possibile, la lingua a penzoloni, una lingua piccola e bagnata. Passano di fianco alla Coop nuova, al parcheggio enorme e al bar lì davanti, un'altra rotonda li porta lungo la strada stretta e tortuosa che li guiderà fino a dove abita Jack, sulla destra case bellissime dove un tempo c'era una discarica di carta, dove si arrampicavano, dove, appoggiate le biciclette sui sassi, si nascondevano nei pomeriggi. Jack che le faceva bere le prime birre, fumare le prime sigarette.

La casa di Jack, quando la vedi, sei sicuro sia disabitata: il vialetto d'ingresso è invaso dall'erba alta che cresce nel giardino, si aggroviglia all'ombrellone scolorito che resta piegato davanti all'ingresso. La porta è di legno, un tempo era verde, adesso è di un colore indefinito, tende al limaccioso dei canali che si stendono lì attorno, dove tutto è campagna.

Quando arrivano, nel cielo ancora limpido si intravedono nuvole grigie cariche di temporale. Jack, scendendo dall'Ape, le guarda e le indica, oggi pioverà, dice. Entrano nel fresco del pavimento di pietra e dei muri ingialliti e scrostati, Alice lascia lo zaino sul divano di pelle bucato, china la testa facendosi largo attraverso le ragnatele che scendono dal soffitto, ormai non le fanno più senso, Jack dice che i ragni tengono lontano le zanzare, e lei odia le zanzare.

Senza fermarsi, Jack cammina lungo il corridoio, verso il bagno.

Alice resta in piedi a guardarsi attorno, ha fame. Aspetta che Jack torni, gli chiede cosa le abbia preparato, lui non dice niente, apre il frigorifero e prende una teglia di metallo piena di bozzi, scrostata, la mette nel forno e sorride. Lei sa che lì dentro c'è il suo piatto preferito, le polpette che solo lui è capace di fare in quel modo. Mangiano senza dire nulla, nel fresco e nella penombra, la tovaglia apparecchiata solo per lei, i tovaglioli che ha piegato dentro i bicchieri solo per lei, Alice si lecca le dita sporche di sugo e Jack la guarda e sorride, compiaciuto, felice che lei sia sazia, soddisfatta. Una volta finito si spostano fuori, Jack si rolla una sigaretta sotto il cielo che si sta ingrigendo, sotto un vento che sta diventando più forte, Alice ha la pelle d'oca.

Andiamo a fare un giro in bici? gli chiede.

Non hai paura che ti vedano?

Dammi un cappello, mi nascondo, risponde.

A fatica, Jack apre la porta di metallo arrugginito della rimessa che sembra nascere dalla terra, le erbacce e l'edera che le crescono addosso. Dentro ci sono un paio di biciclette polverose e arrugginite, dipinte di colori smorti, gli pneumatici sgonfi, ragnatele sui manubri, sulle selle, fra i raggi, Alice si china a pulirle con le mani, mentre Jack prende la pompa per gonfiarle. Pedalano controvento attraversando i campi dove un tempo Jack aveva costruito una casetta solo per loro, aveva fatto il giro delle campagne per trovare mattoni e tegole, Alice non sa quanto tempo ci avesse messo, ogni tanto lo immagina che con la cazzuola stende il cemento necessario, lo immagina fischiettare, arrampicato su una scala per costruire il tetto, un cappello fatto con un foglio di giornale quando c'era troppo caldo. Si ricorda il momento in cui lui l'aveva bendata dicendole che aveva una sorpresa per lei, il viaggio seduta sulla canna della sua bicicletta, la completa assenza di paura, la fiducia, la sicurezza che lui non le avrebbe mai fatto alcun male. In quel rifugio c'era tutto: un materasso, un divano, un angolo bar dove lui le preparava i cocktail che bevevano caldi quando il ghiaccio finiva. C'era, in quella casa, la dolcezza di Jack che le teneva la testa la prima volta che aveva vomitato dopo aver fumato un paio di canne.

Proseguono verso il paese e scendono verso la discarica, se la trovano sulla destra anche questa volta, al suo posto ci sono case con giardino, i fiori appassiti sui davanzali, non c'è nessuno. Continuano a pedalare e passano veloci le vie che costeggiano il centro, ridono accelerando, senza fare rumore, Jack ha il fiatone e non molla, spinge sulle gambe e Alice si sente in colpa anche se non rallenta, le piace il vento sulle guance e tra i capelli, Jack ha il viso arrossato e ogni tanto sputa per terra.

Alice è sopraffatta dal bene che vuole al suo amico, da quella cosa che non riesce a spiegarsi: tornare sempre, dopo tutti quegli anni. Pedalano e sono fuori dal paese, adesso, Alice gira a sinistra lungo una via di sassi e il sole si confonde con le nuvole sopra di loro, Jack la segue e rallentano e dietro di loro si sollevano nugoli di polvere, si fermano e appoggiano le biciclette al di là del fosso che delimita la strada. È un percorso solito, lo fanno tutti gli anni e tutti gli anni si nascondono sotto lo stesso albero, senza un vero motivo, è Jack che la porta lì ogni volta, lui che guarda la casa in cui era stato battezzato con quel soprannome, quella casa dove aveva bevuto la bottiglia intera di whiskey.

Alice si sdraia di schiena in mezzo all'erba e Jack si siede al suo fianco, rolla una canna e poi si sdraia anche lui, di pancia, osserva la casa che è da sola là in mezzo, oltre la strada, la casa che spunta al centro della campagna e di quei campi arati, guarda il cancello e le siepi e il vuoto che la circonda, le cinque punte che hanno resistito e sono rimaste intatte. Sembra stia ricordando qualcosa, che se ne vada altrove, in un luogo che a lei non è permesso conoscere. Alice guarda il posto poco lontano dove da adolescente veniva a fare l'amore con Giuseppe, fantastica sulle nuvole che passano e si abbracciano e si lasciano sopra la sua testa. Si chiede, mentre annusa le volute di fumo che Jack spande nell'aria, come sarebbe stata la sua vita, che persona sarebbe diventata se avesse scelto di rimanere lì, a Fabbrico. Pensa al pomeriggio nel loro rifugio, quella casa sgangherata, lei seduta sul divano e Jack a bere vino caldo sdraiato sul materasso, al fresco che c'era lì dentro e al senso di sicurezza che provava, alle parole che le venivano chiare e senza paura, l'unica persona a cui lo avrebbe detto: sono incinta. Aveva sentito Jack sputare il vino sul pavimento, chiederle se lo stava prendendo in giro, restare in silenzio nell'attesa di una risposta che non era arrivata, per qualche attimo, attorno a loro, solo il suono della campagna che li cullava. Ricorda che Jack si era alzato in piedi, sistemato la camicia nei pantaloni, un gesto inutile e bizzarro, l'odore che aveva mentre le si sedeva di fianco, le prendeva le mani e le diceva: se vuoi lo teniamo, faccio io il padre.

Ricorda il suono della risata che le era uscita spontanea, l'espressione di Jack mentre le lasciava andare le dita, mentre si andava a versare un altro bicchiere di Lambrusco.

Io ci sono, qualsiasi cosa tu decida di fare, le aveva detto.

Alice si era fatta seria, piena di vergogna per quella risata istintiva. Anche io, gli aveva risposto, ci sarò per qualsiasi cosa.

Adesso sono sotto il portico a casa di Jack, sbucciano fagioli, guardano la pioggia che ha iniziato a cadere, il cielo che diventa scuro, sono le sette di sera, Alice ha addosso un suo maglione, un paio di sue calze di lana. Non stanno dicendo nulla, sono lì a far cadere i fagioli in una ciotola di plastica grande e verde, i fari di una macchina li illuminano, prima i piedi, poi accecano i loro visi, è già buio e Alice non vede chi sia. Scendono due uomini dalla sagoma inconfondibile grazie ai cappelli che indossano, corrono verso di loro e, arrivati al riparo, si scrollano l'acqua di dosso, Jack fa un segno di saluto, lei ha paura.

I due carabinieri sorridono e allungano le mani per presentarsi ad Alice, sono giovani, in imbarazzo, Jack si alza ed entra in casa, lei resta lì con loro, la canna tra le labbra. Non si preoccupi, le dicono.

Quando Jack esce con un sacchetto pieno di erba, Alice si rilassa, i carabinieri tirano fuori soldi dalle tasche interne delle loro giacche, ringraziano, poi corrono verso la macchina e ripartono in retromarcia, Jack saluta con una mano coprendosi gli occhi con l'altra. Quando se ne sono andati, Alice guarda il suo amico, e anche lui la guarda, sorride, lei continua a sbucciare i fagioli, lui alza le spalle.

A cena, mentre Alice soffia sul cucchiaio di minestrone prima di portarlo alla bocca, Jack stappa una bottiglia di vino presa dalla cantina, è fatto in casa, dice, poi dice: ho il cancro.

La luce è gialla e ingiallisce la tovaglia di plastica, il copridivano, i fiori su quel copridivano, ingiallisce i muri, le ragnatele sopra la loro testa, è ingiallita la loro pelle, i capelli di Jack, le mani che adesso Alice si sta guardando senza avere il coraggio di dire nulla, guarda la schiuma del vino riempirle il bicchiere, e guarda Jack sorridere, dire: cin.

Fuori, la pioggia sembra essersi placata, si sentono le gocce cadere dalle foglie degli alberi, si vedono, da dietro le finestre senza tende, le chiome e le ombre.

Festeggiamo, dice Jack. Vieni con me, le dice.

Alice resta ferma, immobile.

Non ti riconoscerà nessuno, dice Jack.

Guidano l'Ape sotto la pioggia che cade sottile, Alice ascolta il vento che li spinge di lato, cerca di concentrarsi sulla strada che sembra sottile anche lei, si concentra sui fanali rossi delle macchine che li superano. Arrivano a una casa di campagna lungo la strada che porta al ceppo commemorativo della battaglia del 27 febbraio, è una strada piena di curve e i fari dell'Ape illuminano la pioggia. Parcheggiano in un'aia enorme e abbandonata, un trattore arrugginito è lasciato scoperto, al vento e alla pioggia, dalla casa arriva musica da discoteca, le imposte non ci sono, ci sono sacchi del pattume a ricoprire le finestre, Jack non dice niente e le fa cenno di seguirlo, di fidarsi, bussa alla porta di legno. Bussa più forte e poi più forte ancora. Finalmente qualcuno apre, non chiede chi è, lascia la porta accostata e Jack entra e allunga una mano verso Alice che la prende e lo segue.

Dentro, c'è puzza di fumo e di umido, c'è un quadro con una tigre aggrappata a una mongolfiera che vorrebbe spiccare il volo, oltre il corridoio c'è una stanza con due ragazzi seduti a un tavolo, tutti e due hanno tatuata sull'avambraccio la stessa mongolfiera del quadro. Jack li saluta e si stringono la mano, gli fanno cenno di sedersi su un divano che sembra di velluto, Alice gioca con la stoffa, restano lì seduti fino a quando i ragazzi tornano con un sacchetto di plastica e una bilancia.

Quanta ne volete?

Un paio di grammi? dice Jack.

Ok, dicono loro in coro.

Jack e il ragazzo che non sta pesando la cocaina chiacchierano dei topi.

Alice dice che li vuole vedere.

Jack prende due sacchetti fatti con un foglio di carta ritagliato e legato alla bell'e meglio per non far uscire la droga.

Volete fare un colpo qui?

Sembra a tutti una buona idea.

I ragazzi strisciano quattro righe sul tavolo di fòrmica e Jack arrotola una delle banconote da venti euro che Alice gli ha dato prima, si chinano a turno e tirano tappandosi l'altra narice.

Tornati a casa, Jack e Alice si mettono al tavolo sotto il portico spostando la ciotola piena di fagioli, Jack rovescia i due sacchetti sul piatto che Alice ha scaldato sul fornello, ha una decorazione di fiori color pastello, le passa un vecchio bancomat e lei schiaccia e stende. Jack entra in casa e, mentre Alice prepara le prime righe chiedendosi se siano troppo lunghe, troppo corte, dalle finestre le arrivano le note di *It's the same old song* dei Four Tops e, quando finalmente esce di nuovo, Jack la trova che sta ballando, la pioggia che continua a cadere forte.

L'alba li accoglie ancora lì fuori, gli occhi stretti, le facce stravolte, due bottiglie di Lambrusco sul pavimento, il sole sorge illuminando di arancione e rosa le nuvole che si allungano scoprendo l'azzurro del cielo. Sono in silenzio, Cujo che dorme sotto il tavolo, il suo respiro, le gocce che cadono dalle foglie, i campi là in fondo e la loro terra scura e smossa e bagnata, il loro respiro.

Jack dice, ti ricordi cosa ti ho chiesto quando è morto Filippo?

Alice si gira, la testa pesante, gli occhi che bruciano, si gratta le palpebre con le mani, guarda il piatto vuoto, la decorazione di fiori color pastello, sente il freddo alle gambe.

E come facciamo?

Te non ti preoccupare.

Va bene.

Jack si alza e cammina verso il capanno degli attrezzi, quando esce, scalciando le erbacce lì davanti, ha un badile in mano. Alice lo guarda e si alza in piedi, le gira la testa, le tempie le pulsano.

No, questo non lo faccio, gli dice.

Fanno colazione, Jack prepara il latte e il caffè, taglia fette di una torta che ha preparato, Alice non ha fame e si sforza di mangiare, mastica lenta e beve il latte guardando fuori dalla finestra, le foglie stanno cambiando colore e le gocce di pioggia scintillano al sole che c'è, Jack si alza e si infila una giacca militare.

Aspettami qui, per favore, le dice, non andare via.

Alice resta in attesa, vede movimenti veloci nei cespugli incolti, immagina topi uscire da lì e arrampicarsi sui tronchi degli alberi, ordinati e in fila indiana, si muovono con una coordinazione che la lascia stupefatta. Immagina un gatto che si nasconde nell'erba alta, i movimenti sinuosi della schiena, il quasi strisciare, gli occhi fissi e la lentezza prima del balzo, lo scatto per catturare un topo rimasto ad annusare l'aria, immagina quella lotta, il ringhiare del gatto, se lo immagina fuggire a nascondersi, sparire. Immagina quei topi invadere il paese, riempire le strade, entrare nelle case, rosicchiare ogni cosa, ogni muro, immagina quei topi cibarsi di Fabbrico.

Quando Jack torna sembra passata un'ora, ha aspettato immaginandosi madre, chiedendosi se sarebbero lì se lei lo fosse diventata, se quel bambino avrebbe salvato il suo amico.

Andiamo, dice Jack.

Sdraiato sul suo letto, ragnatele anche lì, Jack tiene lo sguardo fisso su Alice mentre si arrotola le maniche della camicia, mentre le passa la siringa, la guarda piangere, chiedersi se sia giusto quello che stanno per fare.

Devi farlo tu, le dice, io non avrei il coraggio di farlo da solo.

Lei non dice nulla mentre gli occhi di Jack la fissano, mentre Jack beve dal bicchiere sul comodino un misto di acqua e chissà quante gocce.

Aspetta che mi addormento, le dice.

Restano lì, Jack a fumare sigarette, Alice a guardare la luce del sole entrare dalla finestra semichiusa, a sentire la pioggia che ha ripreso a battere forte.

Ci sarà l'arcobaleno, dice Jack con la voce impastata.

Quando finalmente gli occhi gli si chiudono, Alice lega attorno al suo braccio la cintura a cui hanno fatto un buco perché potesse stringere, gli accarezza le vene e gliele bacia, gli bacia il tatuaggio sull'avambraccio, quel cane e quel nome, *Cipolla*. Si accorge che quello è il primo bacio che gli dà.

Ha le mani ferme mentre infila l'ago, mentre abbassa lo stantuffo e mentre si alza per guardare il viso di Jack addormentato, le labbra, gli occhi rilassati, la pelle ingiallita, i capelli sciolti sul cuscino, poi esce e, di nuovo in cortile, di nuovo seduta sotto il portico, guarda il panorama.

Cerca, da qualche parte, qualcosa che la faccia tornare dentro, che la faccia pentire di quello che ha appena fatto. Alza gli occhi al cielo, la ricerca di un segno. Ripete nella sua testa, *fammi vedere l'arcobaleno*, poi ad alta voce, se me lo fai vedere torno dentro, chiamo un'ambulanza, per favore, fammi vedere che ci sei.

Aspetta e guarda il cielo che è solo grigio, senza sfumature, il sole scomparso, non c'è nulla che non siano quelle nuvole, sembra che non se ne andranno mai più.

Si china tenendo i gomiti sulle ginocchia, si toglie le calze che Jack le aveva prestato e le piega, non si toglie il maglione. Si alza e si incammina, chiama Cujo che arriva passeggiando, salgono sull'Ape, guida con il cane al suo fianco.

Cerca l'arcobaleno all'orizzonte, non lo vede, vede solo alberi piegati dalle gocce e dal vento, vede foglie ingiallire in questo ottobre che è finalmente diventato autunno, vede l'acqua rimbalzare sulla terra e il suono del motore e della pioggia rimbomba nelle orecchie, nella testa che fa male. Guida ancora lungo le strade che ha fatto con Jack il giorno prima, arriva in centro e non le interessa che qualcuno la veda. Parcheggia l'Ape davanti al vecchio pastificio e scende, aspetta in mezzo al temporale, Cujo resta acciambellato sul sedile.

Alice è bagnata, ha i capelli schiacciati, i vestiti pesanti, l'acqua fa uscire ancora più forte l'odore di Jack dal maglione, puzza di umidità e di lui che, adesso, sarà morto. Non c'è nessuno lì attorno, Fabbrico è vuota, un paese fantasma. C'è solo lei e ci sono i topi che camminano per strada, sui muri dei palazzi, sui fili della luce: si intrufolano nei cespugli, scavalcano le recinzioni delle case. Ci sono i topi che le si fanno vicino, che le annusano i piedi e le gambe, che si alzano sulle zampe posteriori e la guardano con quegli occhi piccoli e vivi, che se ne vanno e la lasciano sola, a piangere, a risalire sull'Ape di Jack, a guidare ancora.

Quando avevo conosciuto mia moglie, il suo sorriso, la sua solidità, il prendere la vita con leggerezza, la convinzione che l'impegno e la perseveranza avrebbero sistemato tutto, sarebbero stati la soluzione a tutti i problemi, avevo tagliato i ponti con la vita di prima, non aveva uno scopo, era soltanto una spirale che mi avrebbe condotto all'autodistruzione.

Mi ero vergognato.

Lei era stata la mia salvezza. E adesso odio anche lei.

Odio mia moglie per avermi fatto provare quella vergogna.

Odio sentirla scendere dal letto prima di me, cauta, silenziosa. Odio l'inutile premura di non svegliarmi. Odio la sua schiena che vedo con gli occhi semiaperti, l'odore del bagnoschiuma dopo la doccia, alzarmi con le spalle pesanti mentre lei si muove leggera, sorridente, attiva.

Odio le bollette da pagare, la routine, il pattume da esporre la sera. Odio la praticità. Lei che si chiude nel suo studio e disegna case, rifugi concreti, che si possono toccare. La soddisfazione e l'orgoglio di trovare soluzioni ai problemi la soddisfazione e l'orgoglio quando dice: sono architetto.

Odio il caffè che mi porta a letto, il suo alito sulla guancia, il suo sussurrarmi buongiorno. Fare quello che devo fare nella confusione della casa, le voci dei cartoni animati che nostra figlia guarda, la sua aria interrogativa.

Come si sarà svegliato oggi mio padre?

Odio il silenzio nel camminare verso la scuola, mia figlia davanti a me, la cartella enorme, il passo accelerato, l'essere sempre in ritardo. Le cacche dei cani che saltiamo, i piccioni morti per i borghi del centro. La spocchia di mia figlia quando mi dice: sono maleducati a non raccoglierle, l'idea che la salvezza del mondo possa essere tra le nostre mani. Odio la fiducia.

Quando la lascio davanti all'ingresso, dopo averle dato un bacio, augurato buona giornata, raccomandato di divertirsi, imparare, prendo fiato.

Stavo per partire per l'Olanda. Andavo a presentare il mio libro d'esordio in un festival a L'Aja. Sentivo un peso sullo stomaco che non riuscivo a decifrare, era strano, senza nome.

Eppure era andato tutto bene. Il libro era stato un successo, avevo girato l'Italia, ero stato ovunque, librerie grosse, piccole, minuscole. Avevo stretto mani a librai, a lettori, al loro entusiasmo. Avevo ringraziato e sorriso davanti ai complimenti. Davanti alle persone che incensavano la mia scrittura, il mio modo di vedere il mondo, la mia capacità di raccontarlo: avevo racchiuso delle vite in una gabbia di vetro, l'avevo chiamata Fabbrico, l'avevo esposta nuda e fragile sotto gli occhi di tutti.

Ero arrabbiato con loro perché avevo creduto alle loro parole, ero sicuro sarebbero bastate, non era così. Il buco tra lo stomaco e lo sterno si faceva di nuovo sentire, era ancora lì, c'era sempre stato. Non era la scrittura a riempirlo. Non erano gli applausi, il successo. Ero sconvolto, pensavo di essergli sfuggito.

L'Olanda era un miraggio, quel giorno.

Di nuovo, una salvezza che non dipendeva da me. Mi sentivo braccato, scappare era l'unica possibilità. Scappare da mia figlia, da mia moglie, dal mio lavoro, dal disagio che mi provoca ciò che sto scrivendo. La Fabbrico che scrivevo era una gabbia confortevole, quella che sto scrivendo non lo è più, è un fantasma invaso dai topi.

Dovevo scappare dalla sensazione che a scrivere non fossi davvero io.

Suonato il citofono, non avevo ricevuto risposta. Avevo infilato le chiavi nel cancello, poi nel portone. Salite le scale avevo trovato lo zerbino lanciato sul pianerottolo, lo avevo raccolto e sistemato davanti alla sua porta, avevo suonato il campanello. Di nuovo non avevo ricevuto risposta.

Mirco abitava da solo, era un animale, dormiva su coperte buttate sul pavimento. La mia cuccia, diceva. Era proprietario di un appartamento in periferia, palazzoni tutti uguali, la tangenziale come panorama, lo aveva ricevuto in eredità. Non rispettava gli orari, e trovarlo all'ora dell'appuntamento era quasi impossibile.

Dentro, c'era puzza di polvere e fumo stantio, di Mirco che non si lavava mai. Avevo aperto le finestre, lasciato entrare il sole di quella giornata che aveva illuminato la spartana disposizione dei mobili, i fiori finti, le sigarette spente per terra. Mi ero seduto su una delle sedie in cucina, il disordine sul tavolo, gli scontrini, monete con date particolari che indicavano il giorno in cui gli alieni erano passati a prenderlo.

Seduto nel caos di quella vita, fissavo la macchia di piscio sul pavimento davanti al lavandino. Mia moglie, intanto, mi mandava fotografie di una casa del centro che avrebbe dovuto ristrutturare, frasi piene di entusiasmo e punti esclamativi.

Mentre camminavo per il quartiere alla ricerca di Mirco – i posti soliti, la panchina fuori dalla chiesa dove si sarebbe dovuto sposare con la regina dell'universo, il parco poco più avanti dove la stessa regina gli lasciava messaggi in codice – nessuno mi guardava, nessuno mi riconosceva. Ero uguale agli altri.

Uguale alla signora che portava due borse della spesa, all'uomo in giacca e cravatta che aspettava l'autobus, al barbone che sputava per terra sotto una tettoia delle biciclette, fuori dal supermercato.

Ero tornato alla macchina, andato al bar dove Mirco si faceva offrire i caffè, avevo chiesto informazioni alla barista gentile che era in classe con lui alle superiori, quando ancora non era *matto*, quando ancora era *intelligente*. Non l'aveva visto.

Avevo lasciato la peggiore delle ipotesi per ultima, guidato fino all'imbocco della tangenziale, il traffico di camion e automobili, il panorama di capannoni e zone industriali, la possibilità che Mirco avesse camminato fino a lì, per raggiungere il ponte da cui si sarebbe buttato. Le voci nella sua testa gli dicevano che l'astronave madre lo avrebbe raccolto con un raggio magico, lo avrebbe portato nello spazio.

Speravo di no, speravo di non trovarlo, di essere capace di lasciarlo lì e fare finta di non averlo visto. Guidare, parcheggiare, rientrare a casa.

Lampeggianti di carabinieri si riflettevano sul vetro nonostante il sole, nonostante il cielo azzurro e scintillante di quella che non mi ero accorto fosse una bellissima giornata. Erano fermi più avanti, su una piazzola di sosta, il traffico della tangenziale rombava, i camion risucchiavano l'aria calda spettinando i pochi capelli di Mirco che stava immobile, le mani dietro la schiena, lo sguardo basso, le labbra a muoversi cercando una giustificazione. Avevo accostato, messo le quattro frecce, mi ero coperto la faccia con le mani strette a pugno, schiacciato gli occhi con i pollici. Un carabiniere aveva bussato al finestrino.

Cosa sta facendo?

Niente, è un gesto che mi viene istintivo, quando non voglio vedere. Quando sono agitato. Mi rilassa.

Non dico quello. Non me ne frega niente. Cosa sta facendo fermo qui?

Sono il suo educatore.

Be', ottimo lavoro. Lo riporti a casa, almeno.

Ero rimasto in macchina a guardare la pattuglia allontanarsi, Mirco che aveva ripreso a camminare, le mani dietro la schiena, i piedi a papera, il giaccone fluorescente che non si toglieva mai. Mi chiedevo come avrei potuto scrivere di questo, chi ci avrebbe creduto, come avrei potuto trasformarlo in letteratura. Nessuno lo vuole vedere. C'è bisogno della compassione, dell'empatia. C'è bisogno di speranza. Lì, invece, c'ero solo io che, in mezzo al rombo dei camion, urlavo a Mirco di salire in macchina, di non fare il coglione. La voglia di chiuderlo in un manicomio e buttare la chiave.

Non ci torno a casa.

Muoviti. Sali in macchina.

Quella non è casa mia, lo sai. Io devo fuggire nello spazio, lasciami andare. Io qui non ci sto bene. Tu sei sposato. Tu hai una famiglia. Tu hai una figlia. Io non ho niente e non avrò mai niente. Ho cinquant'anni. Fratello, capiscimi.

Avevo di nuovo portato le mani al viso, schiacciato le palpebre coi pollici, avevo respirato.

Ti ci faccio entrare a calci in culo. Muoviti.

Non alzare la voce.

Sali in macchina, allora.

Mi fai guidare?

Invidiavo la sua capacità di fare finta di niente, sedersi al posto del passeggero e dirmi quando scalare la marcia, quando frenare, accelerare, superare altre macchine. Cancellare i carabinieri, quello che era appena successo. Parlare delle sue discendenze nobili, dirmi che era stato il maggiordomo di corte di Carlo Magno, che mi avrebbe fatto dono della Scozia. Chiedermi, poi, come mai avessi aperto le finestre. Stare fermo a guardarmi con disappunto mentre raccoglievo le lenzuola dal pavimento, le mettevo a lavare, prendevo quelle nuove e le sistemavo sul materasso, mettevo la federa al cuscino, andavo in cucina a riempire d'acqua un bicchiere per annaffiare le piante secche e moribonde sul balcone. La speranza e l'illusione che Mirco potesse prendersi cura di qualcosa, qualcuno.

Di nuovo in camera, l'avevo trovato in piedi davanti al letto, i pantaloni abbassati alle caviglie, avevo guardato e pregato di no.

Prima era stato il rumore, poi il fumo salito dalle lenzuola pulite nell'aria fredda che entrava dalla finestra aperta. L'odore era arrivato dopo, quando lo scroscio della pipì stava finendo.

Avevo fatto cadere il bicchiere che si era rotto, l'acqua ovunque, avevo allungato una mano per prenderlo per i capelli, ancora mezzo nudo, lo avevo afferrato e buttato sul materasso, lui mi guardava, gli occhi perduti e altrove.

Uno sguardo che riconoscevo, che mi faceva terrore, sicuro di averlo già visto.

In un incubo, forse, quello in cui quegli occhi diventavano i miei.

La mia voce si era fatta cattiva, tutto, in me, si era fatto cattivo. Avevo visto il viso di Mirco crollare dalla paura, apriva e chiudeva la bocca senza dire nulla.

La paura per il male che avrei potuto fargli.

Il terrore che mi sarebbe piaciuto.

Vivo con la costante, estenuante sensazione di catastrofe imminente, la sento arrivare, il mondo vibra attorno a me, il cielo, ogni tanto, sfrigola, il sole illumina più intenso. Sento il vento sussurrare una lingua che non comprendo. Mi pare che tutto sia connesso, stretto nell'abbraccio di qualcosa che respira, qualcosa che stringe e incombe.

Mi interrogo su cosa sto scrivendo adesso, mi domando il perché. È una ricerca, non di una risposta, è la domanda che mi sfugge. A volte sento di poter allungare una mano e toccarla, a volte è confusa, la maggior parte del tempo non ha alcun senso.

Il primo romanzo l'ho scritto all'interno di un flusso, una corrente pacifica e benevola che mi accompagnava. Era qualcosa di caldo e confortevole, come starmene in mare a galleggiare sotto il sole, una brezza leggera ad accarezzarmi il viso, ero un tramite per qualcosa che si sarebbe chiarito soltanto alla fine.

E invece, ora.

Non so se sto scrivendo racconti o un romanzo, ho la sensazione che una barriera si stia sgretolando, i protagonisti mi inquietano, mi accompagnano lungo una strada che non riconosco, sto perdendo il controllo.

Mia moglie ogni tanto mi guarda, mi vede perso, disattento, lontano. Si preoccupa, mi chiede. Io le dico che non è niente, sminuisco, le dico che sono agitato per l'Olanda. Lei mi abbraccia, mi dice che andrà tutto bene, io spero sia vero. Credevo di dover riempire quel buco tra lo stomaco e i polmoni, forse dovrei soltanto ascoltarlo.

È lo stesso che sentivo pulsare da bambino. Davanti a me ho ancora la classe di quarta elementare, i poster alle pareti con le lettere dell'alfabeto, la lavagna, l'odore del gesso, le maestre che si alternavano, la voce arrochita di quella di matematica, le sue sigarette, i piedi appoggiati sulla cattedra, la capacità di incutere terrore di quella di italiano, i suoi occhi piccoli e gelidi. Vedo il disegno dell'ape di fianco alla A, la zebra di fianco alla Z, vedo i miei compagni, i grembiuli che indossavamo, l'Elisa e i suoi ricci, la Paola e i suoi morsi, i capelli biondi di Stefano, gli occhiali di Maurizio.

La giovinezza della supplente che entra in classe e si siede, i capelli neri e raccolti, lo smalto sulle unghie, l'atteggiamento svogliato nel dirci che dovevamo fare un tema libero, l'ebbrezza del foglio bianco davanti a me, la mano che stringe la penna, la fòrmica sbeccata del banco, il legno friabile sotto.

Scrivevo di una battaglia medievale, di Re Artù scintillante nell'armatura sporca di sangue, la ricerca del Graal, i cadaveri calpestati dal suo cavallo impennato davanti al sole al tramonto, Excalibur brandita nell'aria densa del campo di battaglia. Scrivevo e mai mi sarei fermato. Ero in preda a qualcosa di mistico, sconosciuto. Non avevo sentito la campanella suonare, la maestra alzarsi, il rumore delle sedie trascinate sul pavimento per allontanarsi dai banchi, il vociare tipico della fine delle lezioni. Non avevo visto la maestra avvicinarsi, le sue dita prendere il foglio.

Qualcosa era scattato, irrazionale. Mi ero alzato dal banco, le lacrime e il fiato corto, la pelle rossa, gli occhi spalancati, mi ero gettato addosso a quella supplente, le avevo strappato il foglio di mano, lo avevo stretto a me, non volevo lasciarlo andare. Era la cosa più bella del mondo, inventare e raccontare una storia.

Appena ne ha l'occasione, Andrea racconta la storia del suo cane, del canile, di come lui e suo padre camminavano lungo le gabbie e guardavano quegli animali abbaiare, guaire, alzarsi sulle zampe posteriori e appoggiarsi alle grate per farsi accarezzare, per leccare le loro mani, scodinzolare. Nessuno li convinceva fino in fondo, né lui né suo padre avevano sentito scattare quella scintilla che ti fa dire: ecco, questo diventerà il mio cane.

Camminavano e facevano il secondo giro, guardavano le volontarie che davano da mangiare, le ascoltavano mentre descrivevano i caratteri, le caratteristiche, come se dovessero convincerli. Andrea sapeva che la scelta di quel cane non aveva nulla a che fare con il razionale, sarebbe stato un gesto d'amore.

Racconta a tutti che in quel momento, mentre con suo padre stavano decidendo di andarsene, una volontaria era uscita di corsa dall'ufficio chiamando la responsabile che si stava azzuffando con un cane dal pelo lungo e sporco di fango. Agitava le mani nell'aria, creando atmosfera da tragedia.

Il cane si era alzato mettendo su un muso triste, affranto, Andrea lo aveva guardato e suo padre gli aveva detto che era troppo grande, che erano lì per un cucciolo. Era stato zitto, aveva tenuto le mani in tasca, calciato dei sassi. La responsabile aveva parlato con la ragazza sconvolta da una telefonata appena ricevuta, era agitata, diceva che una signora voleva portare lì dei cuccioli, che se non li avessero presi li avrebbe affogati, poi si era rivolta a loro, aspettate un attimo, aveva detto, prima di sparire nel canile. Quando era tornata, di nuovo lì fuori sotto un cielo di maggio che esplodeva di vita e di azzurro, si era asciugata le mani in un grembiule verde, aveva allungato la destra per farsela stringere, si era presentata e aveva detto che, se potevano aspettare un attimo, presto sarebbero arrivati dei cuccioli. Poi aveva raccontato la loro storia. La proprietaria aveva una femmina di dobermann, aveva fatto tutte le cose per bene, affittato un dobermann maschio che aveva abitato con loro fino a quando la femmina era rimasta incinta, la gravidanza era stata perfetta e da quell'unione erano nati tre cuccioli che la proprietaria aveva curato e successivamente venduto come fossero di razza. Dopo un paio di mesi gli acquirenti le avevano telefonato per protestare, l'accusavano di truffa, rivolevano i soldi altrimenti l'avrebbero denunciata, i loro veterinari avevano detto che quelli non erano cuccioli di razza. La proprietaria era sconvolta, precipitata in un incubo, si era ritrovata costretta a rimborsare i cuccioli già venduti, non si capacitava di come potesse essere successo.

Camminava in giardino, fumava sigarette e, nella disperazione, chiedeva spiegazioni al suo cane, il suo cane che sempre di più passava le giornate accanto alla rete che li divideva dai vicini, dal mastino napoletano che ogni tanto se ne stava a mugolare attraverso le maglie. La buca scavata sotto la recinzione l'avevano scoperta poco dopo.

I cuccioli erano bellissimi, erano neri, si muovevano scoordinati, le zampe enormi per quei corpi ancora acerbi, ricoperti da pelle in eccesso che veniva voglia di accarezzare e stringere e pizzicare. Andrea li aveva coccolati, aveva alzato lo sguardo verso suo padre che diceva: ne prendiamo solo uno, e lo diceva a se stesso.

Adesso, Andrea pedala veloce lungo le strade di Fabbrico, supera la via dei negozi, l'ortofrutta, la gelateria, la chiesa, passa veloce di fianco al fornaio, quasi investe una donna, sorride quando lei gli dice di andare piano, passa di fianco alla casa di riposo, alle scuole medie, di fianco alla zona industriale. Si alza sui pedali e spinge più forte quando la strada si fa sterrata, sente lo scricchiolio dei sassi, la polvere che si solleva, la nuvola che si lascia alle spalle, passa di fianco alla casa abbandonata, ai cinque comignoli a punta che spiccano sul tetto di tegole nere, non la guarda, gli fa paura, dicono ci siano fantasmi, lì dentro.

Lascia cadere la bicicletta sul prato, corre a liberare il cane dal serraglio, il cane che adesso è grande, le zampe proporzionate. Il pelo corto lascia che si vedano i muscoli quando scatta, quando corre, quando si acquatta nell'erba alta per dare la caccia ai conigli. Cipolla gli salta addosso, lo lecca, gli fa le feste, si ritrovano sdraiati per terra, rotolano, le risate, il ringhiare festoso del cane che lo morde per finta. Andrea lo blocca con le gambe e Cipolla si ribella, poi scappa, e torna alla carica saltandogli addosso mentre lui è steso a terra.

C'è caldo, Andrea suda, Cipolla ansima, adesso, sdraiato di fianco a lui. Attorno e sotto di loro c'è l'erba verde e fresca, la sensazione piacevole contro la pelle, l'ombra che si allunga e abbassa la temperatura.

Il bambino si alza, si china sul cane e lo bacia, dà uno sguardo al cancello per assicurarsi che sia chiuso, entra in casa e prende le lasagne che sua madre ha lasciato nel forno, le mangia fredde, lo sa come si accende, come si scaldano, sua madre glielo ha spiegato un milione di volte: gira questa leva, poi imposta la temperatura, aspetti dieci minuti. Ha paura: che la casa esploda, che tutto bruci, e le lasagne fredde gli piacciono. Prende la teglia e la porta fuori, si siede sulla sedia al centro del marciapiede, guarda il giardino, i conigli che girano liberi e ignari, sbucano dalle tane sottoterra: l'errore di suo padre quando aveva pensato che mettere due conigli dentro la voliera sarebbe stata una buona idea. Ora il giardino è pieno dei cuccioli che scorrazzano, che saltano, e Andrea adora starsene lì a vedere Cipolla a caccia, il corpo nascosto nell'erba, i fianchi che ondeggiano, il sole che illumina il nero del pelo, lo scintillare quasi metallico, lo scatto, e il coniglio che non fa in tempo ad accorgersi di nulla.

Cipolla non arriva, i conigli muovono le orecchie e il naso nell'aria limpida di quel maggio che accarezza l'erba, Andrea mangia un paio di forchettate, poi chiama il suo cane, rimane in silenzio a masticare, a battere con la forchetta sulla teglia mentre i conigli corrono, si nascondono. Resta ad aspettare, anche lui con le orecchie tese. Attorno c'è solo il vago rumore del vento che fa muovere le fronde degli alberi, Andrea si alza, si preoccupa, appoggia la teglia sulla sedia, chiama Cipolla, gironzola per il cortile, non è mai successo che sparisse così, che non approfittasse di quel momento di libertà per darsi da fare con i cuccioli. Gli viene il timore di aver lasciato il cancello aperto, che Cipolla sia scappato, lo apre ed esce, si affaccia sulla strada e vede la ghiaia e nient'altro, una nuvola di fumo che si solleva là in fondo, una macchina che si avvicina, aspetta, intanto si volta, guarda dietro di sé, il giardino. Quando il rumore della macchina è più vicino inizia ad agitare le braccia, a richiamare l'attenzione del guidatore che accosta.

È una macchina grande, spaziosa, carica di valigie legate sul tettuccio, l'uomo che abbassa il finestrino ha i capelli corti, gli occhiali da vista, una donna incinta è seduta sul sedile del passeggero, una bambina poco più piccola di lui sul sedile dietro, l'uomo alla guida sorride.

Avete visto un cane, mentre venivate in qua? È tutto nero.

No, purtroppo non abbiamo visto nulla, mi spiace.

Niente. Vi ringrazio. Se lo vedete, andando in su, potreste tornare indietro ad avvisare?

Lo faremmo molto volentieri, ma siamo arrivati. Credo saremo i tuoi nuovi vicini di casa.

Non sa come rispondere, resta in silenzio, le mani nelle tasche dei pantaloni, lo sguardo perso verso la casa poco più in là, quelle cinque punte che svettano oltre le cime degli alberi, quel tetto nero che scintilla sotto il sole come il pelo di Cipolla.

Piacere di averti conosciuto, dice l'uomo.

È l'unico a parlare, Andrea adesso è spaventato, e mentre si volta per tornare in casa sente la macchina che fa manovra, la nube che di nuovo si alza, quella famiglia che sparisce, la sua voce di nuovo chiama Cipolla, i piedi si muovono nel giardino, verso il serraglio dove Cipolla è sdraiato su un fianco, il respiro affannoso, la pancia che sembra più gonfia del solito.

Andrea ripete il suo nome, ha la voce dolce, non allarmata. Il cane non si alza, resta lì e lo guarda di sbieco, la lingua pende da un lato, il fiato sposta l'erba davanti alla bocca, Andrea lo chiama mentre si avvicina, mentre si china, mentre lo accarezza, mentre gli chiede cos'ha, stai male, dice, e lo dice ad alta voce, come se avesse senso, e adesso è di nuovo paura, non sapere cosa fare, stare lì mentre il cane non si muove, le mani sulla pancia che si solleva e sembra gonfiarsi a vista d'occhio.

Sente le lacrime che gli riempiono gli occhi, la vista offuscata, le mani che puliscono il viso, l'odore del cane sulla pelle. Si alza e corre in casa, apre il taccuino di fianco al telefono, compone il numero, parla con una donna, aspetta, aspetta e aspetta, batte il piede sul pavimento, e guarda la porta di casa che ha lasciato aperta, pensa a Cipolla lì da solo, senza di lui, aspetta finché suo padre non risponde, finché non gli dice di stare calmo, di respirare, aspettare.

Finché non gli dice che sta arrivando.

Il sole sembra qualcosa di fasullo attaccato a un cielo finto, è perfetto, come perfetto è il cielo, il verde dell'erba e quello delle foglie, il colore tenue dei fiori, Andrea osserva tutto quello che ha attorno, non riesce a guardare il suo cane. Lo ha in grembo, la testa appoggiata alla coscia, il respiro affannoso che lo scalda, le mani che accarezzano quell'animale che solo al tatto riesce a riconoscere.

La pedalata di suo padre spezza il silenzio della pianura, sente la frenata, il fiatone dopo che gli arriva di fianco, sente le mani che lo toccano, che spostano le sue dal pelo di Cipolla, sente il ringhio del cane mentre suo padre lo solleva da terra, lo porta verso il garage.

Andrea li segue, apre il baule della macchina, guarda la delicatezza con cui suo padre adagia Cipolla sulla coperta verde che copre il pianale. Sale sul sedile posteriore e vede suo padre sussurrare qualcosa all'orecchio del cane, qualcosa che Andrea non riesce a sentire e che è certo siano rassicurazioni, le stesse che dice lui, adesso, mentre allunga le mani ad accarezzare Cipolla. Ti rimetterai, dice, il dottore ti guarirà.

Arrivano allo studio dopo aver guidato veloce, le curve a far sobbalzare il cane che lancia deboli guaiti, il cuore del bambino che batte e si ferma e batte di nuovo, suo padre che stringe forte il volante, che parcheggia e che scende di corsa, che solleva il cane senza metterci più la delicatezza di prima, che sempre di corsa entra e passa davanti alle persone e agli animali in attesa, l'odore di disinfettante, di cibo, il freddo asettico di una sala d'aspetto. Nessuno dice nulla quando entrano senza bussare nella stanza del veterinario, non dice nulla nemmeno il padrone del gatto tenuto immobile sul lettino, un gatto che sfugge e salta e corre e scappa, il veterinario ha la bocca spalancata e il padrone del gatto esce senza una lamentela.

Cipolla è steso, adesso, Andrea seduto su una sedia di plastica, le gambe che tremano, le mani che tremano e le mani del veterinario che palpano e accarezzano e stringono e lavorano sul corpo immobile di Cipolla che ogni tanto ringhia senza crederci troppo. Ci sono sguardi che il bambino non riesce a interpretare, suo padre e il veterinario che abbassano gli occhi, gli chiedono di uscire e lui protesta, sbatte i piedi, dice di no, vuole restare lì, insieme a Cipolla.

Suo padre lo guarda, dice soltanto, esci, e allora Andrea obbedisce, la testa bassa, la schiena che si trascina contro il muro del corridoio quando si siede per terra, lo sguardo al soffitto. Dentro di sé emozioni che non conosce. La voglia di piangere, il senso di impotenza, il dolore per qualcuno che è ancora lì con loro, la speranza che possa guarire, la certezza che Cipolla uscirà da quella porta sulle sue zampe, che gli salterà addosso come sempre, la certezza che morirà.

Prova ad ascoltare le voci confuse che provengono da dietro la porta, non capisce nulla, e quando la porta si apre, Cipolla è ancora in braccio a suo padre che gli dice, andiamo.

A casa, il cane si trascina sulle zampe, cammina a fatica, si rintana nella cuccia all'interno del serraglio, il bambino guarda suo padre che si china sulle ginocchia, gli mette una mano sulla spalla, dice che deve tornare a lavorare.

Starà bene, Cipolla?

Non lo so, davvero. Il dottore gli ha dato qualcosa per lo stomaco, ha provato a fare delle mosse per metterglielo a posto. Ha detto che è una cosa che capita spesso ai cani come lui, succede. Ha detto di vedere come va stanotte, poi ci sentiamo domani.

Quindi ci sono speranze che non muoia? Che guarisca?

Domani vediamo, guardiamo come va stanotte.

Lo ha detto il dottore?

Sì, lo ha detto il dottore.

Andrea abbraccia suo padre, adesso, e sono lacrime e sono risate.

Dai, vado. Ci vediamo stasera quando torno.

Sì. Va bene.

Andrea fa i compiti, gioca, sta nella sua camera e poi scende al piano di sotto, prende il binocolo dall'armadietto di fianco al divano, si acquatta alla finestra della cucina e osserva la casa di fronte, il giardino, le finestre, il tetto con i cinque comignoli, osserva il movimento che c'è, quella famiglia che esce e poi rientra, la bambina che non corre lungo il prato poco curato, sta ferma, seduta, su un muretto di mattoni lì vicino.

Osserva il padre che scarica valigie, la madre che apre le finestre, non arriva nessun rumore, nessuna risata, nessuno che alza la voce, c'è il sole che piano cala sulle loro teste, sui campi e sulle case, il cielo che sbiadisce e poi si fa più scuro, c'è il tepore di quella primavera, le prime stelle nel cielo quando sua madre torna e lo trova lì, ancora a spiare. Le corre incontro, le dice quello che è successo a Cipolla, le racconta della famiglia lì davanti, i loro nuovi vicini, lei lo ascolta mentre si spoglia, mentre gli dice di non preoccuparsi, che Cipolla starà bene, mentre scosta la tenda e guarda la casa con le cinque punte al di là della strada e gli dice di andare a fare il bagno, tra poco sarà a casa tuo padre. Quando corre in bagno, Andrea sente un rumore dalla porta di casa, pensa alle gentilezze di buon vicinato, crede che siano loro che hanno portato regali, un pensiero, come lo chiama sua madre, apre la porta senza nemmeno chiedere chi è.

Cipolla è lì davanti, lo sguardo basso, quel ventre enorme e sproporzionato che quasi sfiora il terreno, fa un passo, e il bambino si volta a guardare la schiena di sua madre intenta a tagliare qualcosa, sente la sua voce, anche quella di suo padre: gli animali non stanno in casa, devono stare fuori, in cortile. Dice a Cipolla che non può entrare, e Cipolla insiste, e continua a farsi avanti con le forze che ha, una spinta che è debole e che non oppone resistenza quando Andrea gli prende la testa e lo volta e lo spinge fuori prima di chiudere la porta. Prima di andare in bagno, riempire la vasca, immaginarsi spia americana col compito di tenere sotto controllo i vicini russi.

Chiude gli occhi e pensa allo scavalcare muri, agli occhiali per vedere al buio, alle sagome verdi che vede nei film che guarda con suo padre, alla pistola col silenziatore, agli scantinati dove nascondersi dopo un attacco nucleare, al fuoco che appicca per bruciare tutto, la casa che brucia in mezzo alla campagna, le fiamme che si innalzano nel cielo scuro della notte, alle corse per salvare i bambini e portarli al sicuro nella base segreta dove cresceranno per diventare spie come lui...

Apre gli occhi quando sente sguardi su di sé, ci sono sua madre e suo padre, lei seduta sul water, le gambe accavallate, suo padre appoggiato al lavandino, la tuta da lavoro ancora addosso, le mani in tasca che Andrea vede aprirsi e chiudersi, nessuno parla e il bambino ha paura, chiede cos'è successo, e suo padre si schiarisce la voce, si passa una mano sul viso.

Cipolla è morto, dice, l'ho trovato davanti alla porta.

Andrea resta seduto in mezzo all'acqua che sta diventando

fredda, alla schiuma che sta sparendo, sta fermo e sente le labbra che tremano e le lacrime che salgono, sente gli occhi che tremano e i singhiozzi che gli sollevano lo stomaco e che vuole trattenere. Guarda suo padre che respira e non piange e neanche lui vuole piangere e vuole essere come suo padre, avere quella stessa espressione, non resiste e i singhiozzi risalgono dalla pancia e gli fanno sobbalzare il petto. Sua madre si alza e lo solleva e lo tiene in spalla, l'acqua che gocciola sul pavimento che lei gli dice sempre di stare attento a non bagnare. Piano gli mette l'accappatoio, suo padre esce dal bagno e restano solo Andrea e sua madre che gli asciuga i capelli delicata, che lo veste, come quando era piccolo, e il profumo di sua madre è buono, e Andrea smette di singhiozzare e, ora, piange e basta, tira su col naso.

Le mani di sua madre, il suo profumo, alleviano quella sofferenza che adesso si trasforma e non è così acuta, così forte, diventa sfumata e pesante, una sofferenza che si espande e ricopre ogni cosa quando ha il pigiama addosso, le calze. Le braccia di sua madre lo sollevano ancora e insieme sono sul divano, e suo padre è seduto di fianco a loro, gli mette una mano sulla testa e sembra quasi una carezza e Andrea ha gli occhi chiusi quando sente la sua voce che gli chiede: lo seppelliamo insieme?

Le stelle sono bianche e il cielo è senza nuvole, suo padre ha in mano un badile e anche il bambino stringe il suo, quello che suo padre gli aveva costruito quando avevano fatto il cemento per il marciapiede, e quel pomeriggio avevano lavorato insieme e anche adesso lavorano insieme e Andrea decide dove scavare la fossa che accoglierà il suo cane, al centro del giardino, i conigli che hanno le orecchie dritte e sono testimoni di padre e figlio che scavano in silenzio mentre l'aria è leggera e profumata e rinfresca il sudore sulla fronte del bambino e, quando suo padre ha Cipolla in braccio, quando lo adagia piano in quel metro di terra che hanno scavato, Andrea non sta piangendo, e non piange neanche quando suo padre gli stringe le spalle e insieme salutano il loro cane illuminato da una luna che è enorme in quel cielo. Non piange nemmeno quando piano ricoprono quei muscoli e quell'amore con la terra che torna al suo posto, non piange quando rientrano in casa, quando mangiano in silenzio e non lo fa quando sua madre gli dà un bacio sulla fronte prima di dormire, quando suo padre è lì con lui, sdraiato con lui, il libro aperto sul petto, la luce dell'abat-jour ad accompagnarlo nel sonno.

Eravamo sull'aereo che ci stava portando in Olanda, io e Jacopo, il mio editore. Lui sedeva tranquillo sul sedile di fianco a me, il gilet, la sciarpa di cotone, il cappello tenuto in grembo, aveva gli occhi chiusi, rilassato. Mi aveva chiesto cosa stessi scrivendo, se stessi lavorando a qualcosa.

Gli avevo detto di no.

Pensavo ai nuovi racconti, al bisogno di tenerli legati, come se fossero un'unica storia che non riuscivo ancora a comprendere, al perché Jack e Andrea dovevano essere la stessa persona, al ruolo di Alice in queste storie che si intrecciano.

Avevo guardato Jacopo addormentarsi, poi le cime delle Alpi che strappavano la coperta di nuvole così bianche da sembrare irreali, perfette, il cielo illuminato da un sole implacabile mi faceva bruciare gli occhi. Avevo iniziato a pensare alla morte. Cadere, schiantarsi contro quelle cime, le urla, l'avvicinarsi dell'inevitabile, cos'avrei provato davanti alla certezza della fine.

Avrei avuto speranza?

Fantasticavo sul funerale, il mio nome sui giornali, la parola *tragedia*, il presidente della Repubblica seduto in prima fila, contrito, le lacrime di mia moglie, di mia figlia, dei miei amici, il lutto nazionale. Poi però mi era venuto in mente che non sarebbe importato a nessuno, quelli che si lanciavano in complimenti entusiasti avrebbero continuato le loro vite, magari avrebbero sofferto qualche giorno, qualcuno si sarebbe forse affranto all'idea che non avrebbe mai più letto un mio romanzo, poi sarebbe passato, e tutto, per loro, sarebbe stato uguale.

Sono morti i più grandi, pensavo, *e non gliene frega niente a nessuno*.

Mi ero scoperto sollevato da questa considerazione, dal comprendere quanto non contassi nulla, quanto la mia fatica per realizzare un'opera al massimo delle mie capacità fosse soltanto un problema mio, che l'investimento era solo sulle mie spalle. Ero insignificante, leggero, invisibile, privo di ogni tipo di responsabilità. Era bellissimo.

Quando avevo deciso di mettermi a scrivere il mio primo romanzo, avevo appena finito un turno estenuante, pedalavo lungo le vie della città, il sole ancora alto, tiepido. Pedalavo lungo la strada solita, non guardavo nulla, non i negozi, non i palazzi, non la bellezza che mi passava di fianco: la piazza, le chiese, i monumenti, le foglie degli alberi e i fiori alle finestre, non guardavo i visi delle persone.

Pedalavo e basta, l'andare a prendere mia figlia all'asilo come un turno di lavoro, vederla alzare lo sguardo su di me, l'entusiasmo di avermi lì, corrermi incontro, abbracciarmi. I suoi sorrisi, il suo indicare con le dita gli uccelli che banchettavano e saltellavano e volavano, gli autobus enormi, passati senza che io me ne accorgessi, erano parte emotivamente nulla della mia giornata. Una volta a casa, ci eravamo tolti le giacche, le avevo fatto il bagnetto e le avevo asciugato i capelli con la delicatezza solita che ci mettevo, quella che ogni volta la faceva piangere. Nemmeno quelle lacrime avevano scalfito l'espressione cementificata che avevo sul viso.

Mi ero poi seduto sul divano, lei che armeggiava coi suoi giochi, stendeva sul tavolino la tovaglia, prendeva tazzine da tè minuscole, pupazzi che si ostinava a voler mettere seduti. Guardavo la televisione e, ogni tanto, lei. La luce entrava dalla finestra e si arrampicava a illuminarla, le dita piccole, le vene sotto la pelle sottile, i nervi che si tendevano.

Era impegnata, mi allungava la tazzina a forma di orsetto, la sua preferita.

Papà, bevi il tè insieme a noi.

Le avevo detto di no, che non volevo giocare. L'espressione triste e delusa sul suo viso perfetto, illuminato dalla luce perfetta – quegli occhi enormi e così simili ai miei –, non mi aveva smosso nulla, nessun senso di colpa. Avevo capito che non avevo pietà, emozioni, che non me ne fregava niente, di lei, di me, di nessuno.

Ero soltanto un guscio vuoto, il mio ruolo, il mio lavoro e il mio essere padre. Mi ero chiesto cos'avrei provato se mia figlia fosse scomparsa, morta. Ero sicuro che la risposta sarebbe stata: niente.

Si meritava un padre felice.

Mi tornavano in mente i pomeriggi da solo, da piccolo, come mi sentivo quando mi raccontavo le mie storie, come mi ero sentito scrivendo di Re Artù, di quella battaglia, le sensazioni provate dal me stesso di otto anni. Volevo tornare a provarle, ricostruirle. Avevo ripreso a scrivere per quello, per far tacere ciò che di nuovo pulsava. Lo facevo senza ambizione, era entusiasmo e soltanto quello.

Scrivevo e non ne avevo mai abbastanza, non avevo paletti, aggiungevo cose come in una forma di bulimia, macchine che esplodevano, episodi di violenza casuali e senza senso, western futuristici e morti ammazzati senza ritegno, non riuscivo a tenermi, ero iperproduttivo e tutto mi sembrava poco, irrisorio, noioso. Ero insopportabile, irascibile, nervoso, mi sembrava di non essere in grado di afferrare qualcosa di semplice, di essere l'unico a non vederlo.

Mia moglie mi compativa, mi guardava come si guarda qualcosa di tenero, un uomo senza scopo, incaponito in qualcosa di troppo grande, difficile, per lui.

Eravamo a letto, avevamo appena fatto l'amore e per me era stato solo uno sfogare la mia frustrazione, le avevo detto di girarsi e, da dietro, le avevo preso le braccia finché non avevo finito. Non mi ero concesso nemmeno un momento di dolcezza. Mi ero rivestito e mi ero rimesso al computer, la pagina bianca. Sentivo mia moglie che si rivestiva, la percepivo, percepivo di aver perduto, oltre a lei, qualcosa che, limpido e chiaro, c'era stato un pomeriggio in cui ci eravamo persi al confine di un paese minuscolo.

Guidavo, mia moglie non aveva voluto fare l'autostrada, mi aveva supplicato di prendere le strade basse. Era bellissima, il sorriso solito che mi crepava il cuore.

Guarda che campagna meravigliosa, mi aveva detto, facciamola con calma, godiamocela.

Le avevo detto di sì.

C'erano campi di un giallo irreale, cieli impossibili da descrivere. Mia moglie aveva abbassato il finestrino, aveva gli occhi chiusi, il vento la spettinava e lei non ci faceva caso. Si era tolta le scarpe e aveva tirato indietro il sedile, appoggiato i piedi sul cruscotto.

Le guardavo il profilo e le piccole rughe sul viso illuminato da quel sole che le colorava la pelle di una sfumatura acquerello.

Avrei voluto fermarmi e baciarla, sollevarle il vestito e fare l'amore lì, sul cofano caldo della macchina, in mezzo a quei campi, a quelle case abbandonate e fatiscenti e ormai ingoiate dalla natura, dalle piante che si arrampicavano e nascevano.

Avevo proseguito in silenzio, continuando a guardarla, avevo paura di rompere quella perfezione assoluta.

Superavamo paesi mai sentiti, lei ondeggiava la mano e si faceva cullare al ritmo dell'aria che accarezzava i girasoli, il granoturco, le foglie sugli alberi che fluttuavano e sembravano danzare, il cielo era azzurro e all'orizzonte non si vedevano nuvole.

Eravamo così parte di tutto che nulla ci avrebbe fatto paura.

Nemmeno l'attimo improvviso in cui, attorno a noi, quei colori erano scomparsi. Non faceva paura quell'ammasso grigio che era apparso dal niente, quella nebbia che ci aveva avvolto rendendoci ciechi.

Avevo inchiodato, procedevo a passo d'uomo, la nebbia sembrava solida, viva, respirava.

Mia moglie aveva tirato giù i piedi, mi aveva guardato spalancando gli occhi, chiedendo cosa fosse successo. Il finto spavento sulle nostre facce e noi che scoppiamo a ridere, solo quello si era aggiunto al respiro che quella nebbia portava con sé, a quel grigio che si attorcigliava denso come pittura stesa su un quadro.

Fermati, mi aveva detto.

E io avevo obbedito.

I suoi occhi erano qualcosa che non avevo mai visto, scintillavano e lampeggiavano, catturavano la luce che ci circondava e la emanavano. Il suo sorriso aveva smesso di essere rilassato, si era trasformato in qualcosa di differente, lei sembrava differente.

Mi ero fermato sotto un cartello stradale, sotto un cespuglio selvaggio che ricopriva il metallo e le scritte, tremavo e mia moglie tremava con me mentre si sollevava il vestito e si scostava le mutande e mi diceva: *scopami.*

Attorno a noi la nebbia accompagnava come marea i nostri baci e le nostre lingue, le nostre dita, la foga del mio starle sopra, scomodo, la sua testa fuori del finestrino, abbandonata all'indietro, gli occhi chiusi, privi di ogni paura, la nebbia che avvolgeva e stringeva ogni cosa che non fossimo noi due.

Una nebbia che, nell'orgasmo che ci toglieva il respiro, svaniva lasciando apparire il paese là in fondo, annunciato in lettere nere su un cartello: FABBRICO.

Il cofano della macchina era caldo, era un autunno partito in sordina, piano. C'era vento, fresco, erano vestiti leggeri. Era bello essere seduti lì, il caldo del motore sotto il sedere. Giuseppe fumava una sigaretta, non si ricorda se lei fumasse, Alice non sarebbe diventata fumatrice. Lui sì, lo sapeva. Ogni tanto lei gliene chiedeva una, non aveva mai comprato un pacchetto, aveva sedici anni, Giuseppe diciotto.

La musica usciva dai finestrini aperti, arrivava bassa, come se provenisse da lontano; sopra le loro teste il cielo era nero e pieno di stelle, la luna non c'era. Guarda, aveva detto lei, quella è Cassiopea. Giuseppe aveva guardato Alice, il dito, prima, poi il profilo del suo viso. Era più scura del buio che avevano attorno. Si era chiesto quante tonalità di nero esistessero, se fossero infinite, voleva sprofondare in tutto quel buio. Perduto nell'oscurità, forse, avrebbe trovato la bellezza, come lei che adesso indicava Cassiopea.

Aveva voglia di toccarla, non di fare l'amore, aveva voglia di allungare un dito verso la guancia di lei, come se quel dito lo stesse allungando verso il fondo di un pozzo, la stessa curiosità e la stessa paura.

Aveva tirato dalla sigaretta e Alice si era rischiarata con il bruciare più intenso della brace, perdendo, in qualche modo, la sacralità che l'avvolgeva. Aveva guardato il cielo di ottobre là in alto.

L'hai vista? gli aveva chiesto.

Giuseppe aveva detto qualcosa come: mio padre era divertente solo quando era ubriaco.

Non ricorda le parole esatte, sa di averle detto di quella volta che era bambino e a Fabbrico c'erano ancora le feste dell'Unità, di come suo padre aveva ballato da solo e poi con lui, il ricordo più bello che avesse. Le aveva raccontato della rabbia muta di sua madre seduta con le amiche su una panchina di cemento del Parco Festival, di come li guardava, di come guardava suo padre tenergli le mani incitando con urla e sorrisi i suoi goffi passi di danza.

Avevo sei anni, le aveva detto.

Alice era stata in silenzio e lui non la guardava. Guardava il cielo, la campagna scura di fronte a loro, i vigneti al di là del canale stagnante. Aveva continuato a parlare e non era mai stato un chiacchierone.

Erano venuti lì, le altre volte, solo per fare l'amore, era il loro posto e non l'avevano mai trovato occupato. Le aveva detto che sua madre non voleva suo padre bevesse e lui non capiva il perché: quando suo padre beveva era divertente, giocoso, Giuseppe si sentiva amato e presente, a differenza di quando era sobrio e sembrava rinchiuso dietro un muro di silenzio che lo separava da lui, da sua madre e dal mondo. Un muro invalicabile e invisibile.

Non riusciva a capire come ci si potesse arrabbiare quando questo muro veniva abbattuto. Vedeva sua madre piangere e le chiedeva perché. Lei gli rispondeva sempre, tuo padre ha bevuto, e Giuseppe stava zitto, non le diceva che lui, quando suo padre beveva, era contento.

Pensi la picchiasse? gli aveva chiesto Alice, ancora lo guardava.

Non lo sapeva. Era la verità, sua madre era morta troppo presto perché lui potesse affrontare seriamente il discorso, troppo presto perché potesse accorgersene. E, con la morte di sua madre, suo padre aveva smesso di bere.

La sagoma veloce di un uccello rapace volteggiava fra loro e le stelle, al di là dei campi e degli alberi c'era l'ombra più scura di una casa abbandonata, cinque comignoli sul tetto.

Lei lo ascoltava, tenendogli una mano appoggiata alla coscia, lui percepiva, nel buio, il suo sguardo attento, sembrava innamorata. Era bello essere lì, solo loro due e i ricordi, bello che lei li rispettasse.

Aveva lanciato nel buio la sigaretta che si era spenta inghiottita dalle acque nere e stagnanti del canale, Alice lo aveva baciato sulla guancia dicendogli all'orecchio: secondo me, ti voleva bene.

Poi aveva aggiunto: è stato un bel funerale.

Alice aveva gli occhi lucidi. Avevano camminato lungo le strade di Fabbrico, si erano lasciati sulla sinistra il castello, il fossato che era diventato il parco giochi dell'asilo che tutti e due avevano frequentato, si fermavano a guardare le giostre belle e di plastica fluorescente, avevano riso pensando alle loro, di metallo e arrugginite, si erano chiesti come avessero fatto a sopravvivere, avevano poi smesso di ridere, camminato in silenzio. Lei chiacchierava, adesso, e Giuseppe ascoltava, Alice parlava quasi senza prendere fiato mentre l'alba si arrampicava illuminandoli, lui ascoltava e gli piaceva quella voce, l'ascoltava senza cogliere davvero il senso delle parole, un sottofondo gradevole, una carezza di cui, aveva scoperto lì, su quei marciapiedi, aveva bisogno. Aveva ripensato al biglietto che le aveva dato da bambino, quando le aveva chiesto di diventare la sua morosa, di fidanzarsi per sempre, a lei che gli aveva risposto di no, e adesso era lì, a camminare a fianco a lui. Era una sensazione piacevole e malinconica, come se il loro futuro fosse compromesso, nonostante fossero giovani.

*

Giuseppe abitava in una casa appena fuori dal paese, alla sinistra della strada dritta e stretta che costeggiava il canale e arrivava alla provinciale, era in una buca, l'ingresso era in discesa. Aveva un giardino enorme, pieno di fiori che, alla morte di sua madre, suo padre aveva continuato a curare con dedizione e amore, fiori che lo rendevano geloso. C'era quella che una volta era una stalla attaccata alla casa e, lì sopra, il fienile. Il fienile aveva due entrate, una passava dal solaio, l'altra era una porta a mezza altezza, la si poteva raggiungere solo appoggiando al muro una scala di legno che suo padre aveva costruito, una di quelle scale che partono da terra larghe e arrivano in cima strette. Salito in cima e arrivato alla porta, suo padre tirava il chiavistello, ne apriva una metà, e poi, per aprire l'altra dove la scala era appoggiata, si spingeva staccandosi dalla casa. Per attimi si ritrovava in equilibrio, la scala in verticale e lui lì in alto.

Giuseppe aspettava di vedere se la spinta che si era dato sarebbe stata troppo forte e lo avrebbe fatto cadere dalla parte sbagliata, schiantandolo al suolo.

Non era mai successo, la scala era sempre caduta dalla parte giusta, verso la casa e la porta ora aperta. Suo padre inghiottito lì dentro e, lì dentro, passava le giornate.

Cosa facesse tutto il giorno nel fienile, Giuseppe non l'ha mai saputo.

Erano passati pochi giorni dal funerale di suo padre quando, una sera, Giuseppe aveva preso la decisione di murare quella porta. Beveva una birra seduto in giardino, la tuta da officina arrotolata alle ginocchia, le scarpe antinfortunistiche abbandonate in mezzo all'aia, ascoltava il gracidare delle rane. Era seduto con le gambe distese, fissava quella porta in continuazione. In quel momento e nei giorni prima, la guardava con la sensazione che la porta guardasse lui, che tendesse lunghe dita a solleticargli il mento in una sorta di coccola. Aveva chiamato un suo amico muratore, gli avevo fatto un cenno.

Murala, gli aveva detto.

Non ci era mai entrato e non lo avrebbe mai fatto, pensava.

Era ottobre quando il padre di Giuseppe si era suicidato buttandosi dalla porta del fienile, non era morto subito. C'era il suo sangue sull'aia, Giuseppe era arrivato che l'ambulanza era già parcheggiata. Lo avevano chiamato al lavoro.

Torna a casa, gli avevano detto.

Tuo padre, avevano detto.

C'era una piccola folla attorno al corpo; i vicini di casa che si erano accorti, che lo avevano visto buttarsi, l'equipaggio dell'ambulanza nelle divise blu. Lo avevano caricato in fretta, con delicatezza. Giuseppe non era riuscito a vederlo in viso, aveva visto solo la tibia fuori dalla gamba in una posa bizzarra, grottesca. Aveva visto com'era vestito: un paio di jeans e una maglietta gialla che teneva dentro i pantaloni, si vedeva il sudore, il segno della canotta che era lì sotto. La voce di sua madre che diceva sempre: mettetevi la canottiera, prendete freddo.

Giuseppe era rimasto appoggiato alla bicicletta in cima alla salita, guardava da lì. Dopo, quando tutti erano andati via, quando l'aia era rimasta vuota, soltanto il sangue a macchiare la ghiaia, seduto sul marciapiede, si era acceso una sigaretta, non aveva pianto, aveva raccolto la scala sdraiata sui sassi.

Era andato all'ospedale con la sua Punto bianca, non aveva acceso la radio, il finestrino era abbassato, era un bel pomeriggio. Ripensava alla volta che suo padre era venuto a prenderlo in stazione, dopo una vacanza. Lo aveva visto attraverso il vetro sporco dei finestrini del treno, le braccia incrociate sul petto, un cappello a ripararagli la testa che aveva iniziato a svuotarsi dei capelli, sembrava non sapere bene perché fosse lì. Giuseppe era diventato una presenza ingombrante dopo la morte di sua madre, fastidiosa, qualcuno che c'è e lo devi sopportare.

Aveva raggiunto suo padre senza che lui lo vedesse, lo aveva salutato con la mano, erano rimasti in piedi a guardarsi per attimi, suo padre aveva detto: mi scade il parcheggio, andiamo a casa.

Il furgone era parcheggiato al sole, il metallo scuro luccicava come pesce di fiume nella luce di quel mezzogiorno, dentro faceva caldo e suo padre aveva abbassato i finestrini, la pelle dei sedili scottava come scottava il cruscotto. Giuseppe aveva caricato la borsa dietro, una coperta di lana scozzese ricopriva il pianale e c'era polvere e c'era segatura.

Oltre la zona industriale della città suo padre aveva iniziato a guidare più tranquillo, una mano soltanto sul volante, il finestrino aperto e il gomito lì appoggiato, il viso disteso, il cappello tolto e lanciato sul sedile in mezzo a loro. Si era allungato verso la radio e l'aveva accesa, aveva alzato il volume e Giuseppe aveva guardato fuori, verso la pianura, quel verde che sembrava non ce ne fosse mai abbastanza.

Lungo la strada si erano accodati ai trattori, al fieno caricato nei rimorchi, il furgone andava piano, il rumore dei trattori arrivava attraverso i finestrini aperti e sovrastava la voce impostata del giornalista che leggeva il giornale radio. Suo padre provava a superare, si allargava nella corsia opposta della strada stretta, non vedeva lo spazio o, se c'era, la strada curvava troppo presto, bloccando la visuale. Giuseppe vedeva negli occhi e nel silenzio di suo padre la pesantezza di essere costretto a quell'andatura a passo d'uomo, imprigionato con suo figlio.

Si era guardato le mani, la scheggia sull'indice destro, non ricordava dove e quando si fosse incastrata sotto la pelle, e poi, iniziando con le unghie e continuando con i denti, l'aveva tolta scavandosi e mordendosi il dito.

Aveva succhiato e sentito il sapore ferroso del sangue, lo stesso sangue di suo padre.

All'ospedale, Giuseppe era arrivato dopo tre sigarette, aveva percorso la provinciale piano, cullato dal suono dei campi e dai rumori dei camion e dei trattori, si massaggiava il dito dove c'era stata la scheggia e avrebbe voluto avere una cicatrice a testimonianza, non ne aveva, come non ne aveva suo padre.

Le nostre cicatrici sono nascoste, aveva pensato.

Suo padre non aveva superato la notte, Giuseppe era stato seduto su sedie di plastica a fissare i muri arancioni sotto le luci traballanti e impersonali dello stesso ospedale dov'era nato. Aveva fatto la spola tra la sala d'aspetto e il giardino, aveva fissato l'infinito di quella pianura e ne aveva sentito il peso, l'aveva sentito intrecciarsi alle sue ossa, al suo intestino. Ne aveva sentito il potere stretto alle radici che gli crescevano sotto i piedi. Aveva guardato le montagne racchiudere la pianura in una prigione di ansia, era rimasto fermo a guardare il sole abbassarsi, sparire, aveva guardato la luna spuntare, sottile, poi le stelle, la luce scomparire e le ombre allungarsi. Quelle ombre erano sue, le stesse di suo padre.

*

Oggi è l'anniversario della sua morte, dopo tutti questi anni Giuseppe sperava di dimenticarlo, e invece lo ricorda ancora. È al lavoro e, quando il turno finisce, una sirena suona sovrastando il rumore delle macchine dell'officina. Giuseppe si toglie le cuffie, si toglie i guanti, la pelle è disidratata, si passa le mani tra i capelli mentre va in bagno a rinfrescarsi, a guardarsi allo specchio. Fuori, l'atmosfera è grigia e uniforme, l'asfalto è bagnato di pioggia caduta da poco, sale poi in bicicletta, la bicicletta che era di suo padre, pedala fino in bar guardando i topi che invadono Fabbrico muoversi per le vie del centro, attraversano la strada, si arrampicano sugli alberi, sono diventati una presenza consueta, qualcosa che fa parte del paese.

Seduti ai tavoli ci sono ragazzi e vecchi e uomini, i bicchieri pieni di alcol, ordina una birra, si mette ad ascoltare i discorsi, sono discorsi leggeri, hanno una musica di bestemmie e prese per il culo, risate e offese lanciate con cattiveria scherzosa, commenti su donne che lui non conosce. Tre uomini escono dal bar, sono ubriachi, ridono e scherzano, fanno troppo rumore, si spintonano, fingono di picchiarsi. Uno di loro inciampa, cade all'indietro, sbatte contro il tavolino dov'è seduto Giuseppe che sta brindando silenziosamente a suo padre. Ha gli occhi chiusi e non vede quello che succede, lo sente soltanto. Sente la birra che gli sfugge di mano, il liquido che gli bagna i vestiti, le scarpe, il bicchiere che si frantuma sul pavimento. Apre gli occhi e si alza in piedi, solleva la sedia dov'era seduto, la alza sopra la testa e la lascia cadere sul corpo dell'uomo che adesso è crollato per terra, la risolleva e la lascia cadere ancora, non sente nulla, nessuna emozione, tutto si svolge lontano da lì, altrove.

Non sente gli amici di quell'uomo che lo afferrano, che gli strappano la sedia di mano, non sente le urla, il barista che esce e sbraita, non sente i pugni che prende, l'equilibrio che perde, non sente il sangue uscire dalla ferita che gli si apre sopra l'occhio. Non sente il suo ribellarsi, liberarsi dalla presa, i pugni che dà, i calci che dà, resta in silenzio mentre tutto attorno a lui esplode di rumore. Non c'è dolore quando si accascia a terra, senza fiato, il calcio in pancia gli mozza il respiro. Non sente la secchiata d'acqua gelata che il barista gli lancia contro per sedare la rissa, come si fa coi cani. Non c'è nulla, nemmeno quegli uomini che se ne vanno, il barista che gli chiede come sta, se deve chiamare un'ambulanza.

Giuseppe si accende una sigaretta, raccoglie la sedia e la rimette al suo posto, si siede e chiude gli occhi, pensa a suo padre quando riprende la bicicletta.

A casa, seduto nell'aia, osserva il sole pallido al di là delle nuvole compatte, oltre la foschia che lo rende fantasma, oltre l'argine del canale che torreggia lì di fronte, ci sono pesci morti che galleggiano. Ascolta le galline del vicino che si scuotono preparandosi al sonno, le tortore che tubano sulle grondaie di casa, timide. Il sole adesso è scomparso, le nuvole lo nascondono, nascondono la luce, inizia a piovere, una pioggia che lo bagna mentre continua a restare seduto. Quando si alza non sa quanto tempo è passato, entra in casa e si fa una doccia calda, lavandosi il sangue incrostato sul viso, si lascia asciugare restando fermo, fissandosi nello specchio lucido, passandosi il pettine tra i capelli.

Suonano il campanello, Giuseppe sobbalza, si infila un paio di jeans, piano, con calma, il campanello suona ancora, Giuseppe si abitua a quel rumore insolito, non passa mai nessuno a trovarlo, nessuno lo cerca, non si chiede chi è, non ha nessuna curiosità. Indossa un maglione, il campanello suona ancora, apre la porta e si affaccia, è quasi buio, ora, c'è una luce strana, densa, pesante, la foschia è scesa e sembra vapore, i lampioni lungo la strada sono accesi, illuminano la donna che sta al centro dell'aia, l'Ape a cui è appoggiata nell'attesa, a Giuseppe sembra quella di Jack. Attorno a lei il giardino è triste. Non le vede gli occhi e vorrebbe, vorrebbe fosse estate, il tramonto infuocato, il rosso a illuminare le foglie degli alberi, incendiarle.

Vorrebbe avere parole, il coraggio di correrle incontro, stringerla, avere la forza di cancellare gli anni che sono passati, il vederla in televisione e cambiare canale, non sopportare il dolore di averla persa, la rabbia dell'essere stato abbandonato. Vorrebbe avere il coraggio di chiederle cosa ci faccia lì.

Sente la voce di Alice, è sconvolta, spaventata.

Non so dove lasciarlo, dice, ho pensato di portarlo qui.

Giuseppe vede che tiene qualcosa tra le braccia, qualcosa che adesso si muove, vede il cane di Jack che sta lì, come in attesa.

Vieni, le dice, entra.

No, risponde Alice, portami dove andavamo da ragazzi.

Giuseppe guida in silenzio e anche Alice non dice niente, guardano altrove, oltre i finestrini, la musica spenta, il rumore della campagna e l'assenza di vento, la luna là in alto che non c'è.

Quando arrivano scendono dalla macchina e lei gli chiede una sigaretta dopo essersi seduti sul cofano, la schiena appoggiata al parabrezza, il caldo del motore sotto i vestiti, l'autunno che è lì, insieme all'odore della pioggia che ha smesso di cadere, all'odore dei fossi.

Fumano osservando lo stesso panorama: il canale è lo stesso e la vigna lì davanti è la stessa, sono gli stessi i filari di peri là in fondo. La casa con quelle cinque punte è la stessa.

Alice è più buia di quello che hanno attorno, Giuseppe ha,

ancora una volta, dopo il tempo trascorso che sembra non essere passato, il desiderio di toccarle la guancia, di allungare il dito verso il fondo del pozzo, la stessa paura e la stessa curiosità.

Lei si volta e Giuseppe sente lo sguardo di Alice su di sé. Lo bacia, le sue labbra sono morbide e morbida è la sua pelle. Si perde nelle carezze di lei, nella sua tenerezza, nel suo respiro, si perde nei baci, nel sapore dolce della sua saliva, un sapore che è rimasto lo stesso. Si perde nelle mani di Alice che scendono a slacciargli i pantaloni, nel cercare dentro le mutande un'eccitazione che non c'è, si perde nella testa di lei che si china verso il basso, nel calore che sente tra le sue labbra, nella sua bocca, umida e calda.

Sente, attorno a sé, i muri freschi della pietra del pozzo, i piedi avvolti nel liquido denso e nero, gli sembra di ballare, sul fondo, gli sembra di essere salvo, adesso, avvolto nelle stesse ombre che, pensa, avvolgevano suo padre, si sente in pace quando lei alza gli occhi verso di lui, delusa.

Giuseppe non lo sa a cosa lei stia pensando, gli chiede un'altra sigaretta che fuma restando in piedi, gli dà la schiena, sta guardando all'orizzonte, la casa abbandonata, il tetto di tegole nere, i cinque comignoli, sta guardando la casa lì di fianco. Le vede la schiena scossa da singhiozzi silenziosi, le dita che lanciano la sigaretta nel canale, che si puliscono il viso dalle lacrime quando si volta verso di lui.

Andiamo, sussurra Alice, torniamo a casa.

Non è una domanda, e Giuseppe non crede abbia senso opporsi, si chiede, quando parcheggia nell'aia, mentre lei apre la portiera della macchina, se suo padre riconoscesse negli occhi di suo figlio i suoi stessi occhi, le stesse paure e le stesse ombre, se fosse quello il motivo per cui li evitava.

Si massaggia il dito mentre la guarda scendere dalla macchina senza dire nulla, la guarda camminare sui sassi, sotto la porta del fienile, le guarda la schiena, si abbandona un attimo a cercare Cassiopea sopra la sua testa, mentre Alice si volta e gli sorride.

*

Sono passati cinque giorni, Giuseppe si è preso delle ferie, il suo capo era stupito, gli ha chiesto se andasse tutto bene. Benissimo, gli aveva risposto lui. Adesso che è a casa si sveglia presto, prima di quando va a lavorare, si sveglia eccitato, come se avesse finalmente uno scopo, si ripete in continuazione che deve fare le cose con calma, che non deve correre, che non deve farsi prendere dalla smania.

Quando passeggia per il paese, quando va nei bar, dal fornaio, li vede gli sguardi straniti, li sente gli occhi che lo guardano interrogativi, stupiti anche loro del sorriso che ha stampato in faccia.

Anche stamattina si è alzato e si è stirato, ha alzato le tapparelle, ha lasciato l'alba entrare nella stanza, i colori pastello, l'azzurro del cielo, il bianco sbavato delle nuvole all'orizzonte, ha annusato l'aria, respirato a fondo.

Scende in cucina e mette su il caffè nella moka, lava la tazzina dopo averlo bevuto, l'asciuga e, poi, prepara il mangiare per Cujo che è immobile da giorni davanti alla porta di casa, aspetta Jack che non tornerà a prenderlo. Si siede di fianco a lui appoggiando la ciotola coi croccantini, lo accarezza piano dietro le orecchie.

Sale le scale, il marmo del pavimento freddo sotto i piedi, tira il bastone appeso alla botola che porta in solaio, le scale di legno che scricchiolano sotto i piedi, sale piano. In solaio ci sono vecchi mobili coperti da vecchie lenzuola, i giochi di quando era bambino, i vestiti di sua madre, quelli di suo padre, chiusi in armadi ricoperti di polvere. Si avvicina alla porta piccola che dà sul fienile, apre il lucchetto con la chiave che tiene al collo, si china ad aprire il frigorifero lì di fianco, prende una bottiglia d'acqua da mezzo litro, il freddo che esce è piacevole, tira il chiavistello pesante che stride lungo i cardini, apre la porta e nel fienile c'è puzza. Di merda e di piscio e sudore.

Alice è appesa a una trave di legno piccola e bassa che esce da un muro ed entra in quello di fronte. È appesa a una catena che le lega i polsi, un anello per vacche sul sinistro e uno sul destro, Giuseppe li ha trovati nella stalla, sotto una montagna di pneumatici per bicicletta forati. Ha le braccia distese verso l'alto, lo guarda, è sporca e sudata, ha gli occhi azzurri che splendono nel buio, sono grandi, ha le gambe sospese sul pavimento, sporche della sua merda, muove i piedi alla ricerca di un sostegno, ha le caviglie legate da un'altra catena. Le stanno iniziando a crescere i peli, la fica è una macchia ruvida e più scura.

Lui chiude la porta.

Il fienile diventa buio.

Si siede sul gradino di mattoni, si accende una sigaretta dal pacchetto che tiene sempre lì, fuma solo quando è lì, adesso, lascia che i suoi occhi si abituino all'oscurità. Inizia a vederla, una macchia più scura dello scuro che la circonda, sente il suo sguardo su di sé, si alza e si avvicina, le spegne la sigaretta su un seno.

Sente il suo gemere di dolore, non ha più paura di toccare quella macchia più scura, ha smesso di averne e, adesso, nuota sul fondo del pozzo.

Allunga le mani verso di lei, verso la pelle tremante, calda, il suo respiro si ferma per un secondo, il suo cuore batte veloce, l'accarezza, e la paura di lei lo eccita, sente il suo cazzo duro, duro come non è mai stato.

Le accarezza le gambe, risalendo, le accarezza la macchia

più scura dei peli duri e ruvidi, la pancia, le accarezza il culo, il seno, i capezzoli, indugia sulla pelle del collo, sul mento, sulle guance, ha le mani sporche del suo sudore, dei suoi odori. Le strappa il bavaglio di nastro isolante, lei non urla, sputa, prende respiri profondi alla ricerca di un ritmo che non sia più forsennato, piange, adesso, sommessa, le catene fanno rumore mentre inizia a scuotersi. Non dice niente.

Le allunga la bottiglia d'acqua, le bagna il volto, la bocca, i capelli, le dice, bevi, lei fa di no con la testa, devi bere, le dice, stai ferma, le dice, e allora lei beve a piccoli sorsi, tossisce, e Giuseppe si ferma, ecco, le dice, così va meglio, le bacia la guancia e allora Alice parla.

Lasciami qui ancora, dice, ancora.

Eravamo atterrati in mezzo a un'aria grigia e densa, la foschia ricopriva gli altri aerei parcheggiati, i muletti e i camion che passavano, i colori fluorescenti degli operai, dei facchini che scaricavano le valigie dalle stive.

L'aeroporto era luminoso, i bar sembravano finti, le divise pulite, i negozi bellissimi, le facce tutte sorridenti. Mi veniva voglia di fare shopping. Comprare qualsiasi cosa, entrare nei camerini e provare vestiti eleganti, costosi, dire alle commesse che ero uno scrittore, che ero lì per partecipare a un festival, farmi servire e riverire e vedere nei loro occhi l'ammirazione. Comprare un quaderno dove continuare a scrivere della casa abbandonata, i cinque comignoli neri contro il cielo di Fabbrico.

Jacopo indicava col dito l'ingresso di una libreria, sorrideva entusiasta.

All'interno, mentre camminavamo tra gli scaffali curiosando tra i libri esposti, impegnati a cercare tra le novità, sembrava di stare in un mondo parallelo, nel ventre di un'astronave, le copertine di tutti quei romanzi così diverse da quelle a cui ero abituato, i titoli in una lingua straniera.

Avevamo preso una copia del mio libro, la copertina, il titolo, il mio nome, ero io e contemporaneamente non lo ero.

Sembrava di entrare in contatto con una civiltà nuova, aliena, trovare inaspettate tracce di me. La sensazione strana di essere testimone di una realtà parallela, che avrei visto un me stesso diverso sul palco quella sera, una versione di me.

Cercavo di ancorarmi all'idea di essere invisibile, inutile.

In quella libreria – il sorriso che si spalancava sul mio viso – la voglia di essere riconosciuto mi travolgeva di adrenalina, la stessa che creavo chimicamente tirando di cocaina fino alle sette del mattino nella vita precedente a questa.

Mi sentivo il re di ogni cosa, capace di fare tutto, di affrontare la presentazione in inglese, di essere fluido, spigliato, simpatico e seducente.

Era la stessa cosa, salire e scendere, salire e scendere. Non sapere mai cosa si vuole veramente.

Jacopo mi aveva fatto una foto, tenevo il libro in mano, il mio sorriso diceva ogni cosa: era il sorriso di chi si vergogna, di chi non sa cosa provare, di chi si sente in colpa per la propria felicità, di chi pensa di non meritarla e insieme è certo di meritarla. Avevo risposto al telefono, era l'autista, mi diceva di raggiungere Starbucks, mi aspettava, lo avrei riconosciuto perché aveva un cartello col mio nome.

Un cartello, col mio nome.

Era come se dentro di me ci fossero decine di persone, ognuna che voleva qualcosa di diverso, urlavano, si scontravano, discutevano e alle volte se ne stavano in silenzio, un equilibrio che mi pareva come estasi. Mentre camminavamo verso l'appuntamento avevo detto a Jacopo che speravo molto di diventare famoso in Olanda, di restare sconosciuto in Italia.

Lui si era fermato, si era sistemato la tracolla sulla spalla, mi aveva guardato in un modo strano, cercava le parole, sembrava volesse fare un certo tipo di discorso.

Serio, definitivo.

Lo sguardo aveva preso a vagargli in giro, sulle vetrine dei negozi, sulle risate delle persone, su chi guardava il cellulare, su chi fissava il vuoto, in attesa.

Poi aveva respirato forte, aveva guardato per terra e poi di nuovo me: questa cosa che hai appena detto è così tanto assurda che dice molto di te, in un modo che non ti immagini nemmeno.

Lui aveva ripreso a camminare. Io avevo preteso spiegazioni.

Ma cosa vuoi che ti dica, aveva detto, vivi in un mondo tutto tuo, vuoi solo scrivere storie di sentimento, emozioni, e poi vuoi scrivere le storie di fantascienza, sei una contraddizione che cammina, cazzo. Fermati, respira, capisci cosa vuoi. Sei qui, ti ride anche il culo. Si vede. Sei felice, lontano da tutto, da tutti quelli che ti conoscono, sei la pace in terra, puoi fare quello che vuoi. Essere chi vuoi. E non ti basta perché, ehi, voglio essere invisibile. Voglio essere sconosciuto. Hai rotto il cazzo, davvero. Goditela.

C'era del vero nelle sue parole, lo sapevo.

Non mi mancava mia moglie e non mi mancava mia figlia, ero davvero atterrato in un mondo parallelo, lontano dal lavoro, dalla routine.

Quelle luci, quelle persone pronte a soddisfare il mio ego, la mia vanità, io le avrei volute tutti i giorni, avrei voluto vivere per sempre così, essere riconosciuto.

Volevo, camminando in silenzio, con la testa bassa e Jacopo sempre un passo davanti a me, avere la certezza di meritarmi tutto.

Volevo avere la sicurezza di altri scrittori, il loro modo di stare a testa alta, di esporsi, di parlare, anzi, di dichiarare le proprie opinioni senza vergogna, di dire con assoluta certezza che quel romanzo era consolatorio nonostante in cinquecento pagine mostrasse la distruzione assoluta di un essere umano, piangere miseria su Facebook per farmi pagare l'affitto dai miei lettori e poi, subito dopo, mettere una foto della mia nuova Playstation.

Ero in preda ai rimorsi, all'incapacità cronica di rimanere freddo durante le polemiche, mi scaldavo, offendevo, sbattevo i pugni e parlavo e scrivevo sgrammaticato, in dialetto.

Seminavo e raccoglievo dubbi su ogni cosa, soprattutto su di me.

Credevo di essere vittima della sindrome dell'impostore, lo dicevo, ogni tanto, poi, una volta, avevo letto le parole di uno scrittore, Riccardo Falcinelli:

Da qualche anno tra artisti e intellettuali si è cominciato a parlare di "sindrome dell'impostore", quel fenomeno per cui gli incapaci sarebbero sicuri di loro stessi mentre le persone davvero di valore sarebbero piene di dubbi e di insicurezze riguardo al proprio lavoro. C'è un fondo di verità: chi ne sa davvero tanto è portato al dubbio per forza di cose. Il problema però è che la sindrome dell'impostore ormai è un concetto di moda: se ne parla, la si usa nei discorsi, con la conseguenza che in tantissimi si sono convinti di soffrirne, instaurando quel sillogismo consolatorio che, siccome ci sentiamo insicuri, allora è segno che siamo di certo geniali. È chiaro che valutare obiettivamente se stessi è una virtù rara se non impossibile, ma il problema qui, appunto, è quando un'idea va di moda. Ormai capita di parlare con persone completamente incapaci (fotografi modesti, illustratori stentissimi, scrittori abbaianti) che così, durante una amena conversazione, buttano lì: "Sai? Spesso ho paura di essere smascherato. Ho paura che gli altri scoprano che sono un bluff". Allora, ragazzi... come si dice qui da noi: "magnàte tranquilli". Molti di noi se ne erano già accorti che siete modesti, stentissimi e abbaianti.

Ero sicuro parlasse di me.

Ci aspettava un uomo in divisa nera, il cappello, un cartello con scritto il mio nome sbagliato, sul taxi controllavo la fotografia che Jacopo aveva messo sui social della casa editrice, contavo i like, i cuori, leggevo i commenti, la didascalia diceva: *Fabbrico alla conquista del mondo*.

Senti. Ho un'idea per il tuo prossimo libro.

Vai, dimmi.

Scrivi della vecchia.

Che vecchia?

Ma sì, Eter, quella lì... la barista.

Ma l'hai letto il mio libro?

Dai, come cazzo si chiama?

Bice, Ester è la nonn...

Ecco, Bice. Scrivi della Bice. Sta lì, fa la barista, raccoglie le confessioni di tutti, gira per Fabbrico con la sua bicicletta e risolve gli omicidi. Ci facciamo i miliardi, le fiction su Rai 1.

Sarebbe una grande idea, se solo ne fossi capace.

Per strada, era strano leggere quei cartelli, i nomi di quelle città, la vicinanza tra loro, il confine col Belgio. Era strana la campagna lì fuori, lo erano le case, così simili a quelle che descrivevo, era strano non sentirmi in terra straniera, sentirmi in qualche modo a casa, all'interno di uno spettacolo preparato per me. Avevo la sensazione che in Olanda l'inquietudine data dallo scrivere questo nuovo ibrido tra romanzo e racconti sarebbe svanita, avrei potuto lasciarmi trasportare fino in fondo. Avrei avuto, lì, la forza necessaria per sopportare cos'avrei scoperto.

Ci eravamo fermati davanti a un albergo contemporaneo, sembrava appena ristrutturato, avevamo attraversato strade pulite, un traffico ordinato, eravamo scesi e ragazzi che indossavano magliette azzurre – bellissimi – ci avevano accolto. Erano tutti sorridenti, felici di vedermi, conoscermi, avermi lì. Avevamo fatto una doccia, lasciato i bagagli, preso appuntamento con l'ufficio stampa, bevuto una birra al bar mentre aspettavamo i giornalisti per le interviste.

Fuori sembrava stesse piovendo e invece no. Il mio inglese pareva comprensibile, ridevano alle mie battute, Jacopo annuiva, ogni tanto interveniva, approfondiva concetti, si diceva orgoglioso di avermi scoperto. Mi chiedevano di Fabbrico, dei personaggi che sembravano vivi, mi chiedevano se fosse autobiografico. Dicevo di no, che tutto era inventato. Nessuno sembrava crederci.

Parlavo e sorridevo e, dentro di me, pensavo ai loro visi, ai loro occhi, fatti esplodere dalla rabbia che mi cresceva nel petto.

Avrei voluto dire loro che Fabbrico non era nulla, solo un pretesto. Ero io, soltanto io, l'autore di tutto quello.

Avevamo bevuto un'altra birra, finito i convenevoli, scattato fotografie in una stanza che si affacciava sulla hall, eravamo usciti, fuori sembrava ancora stesse piovendo, il cielo era grigio e denso, la città piccola, camminavamo senza la paura di perderci, tutto sembrava vicino, raggiungibile, i cartelli chiari, le case colorate, le piazze accoglienti. Ci eravamo seduti su una panchina, avevamo comprato patatine e panini ripieni di aringhe crude, facevano schifo, pensavo alla faccia che avrebbe fatto mia moglie nel vedermeli mangiare.

Il teatro non assomigliava a un teatro, cresceva storto in mezzo a edifici contemporanei e antichi. C'era un ristorante etnico, un'insegna fluorescente, una chiesa dentro un parco. Eravamo in anticipo e Jacopo me lo aveva fatto notare.

Guardavo le ragazze che allestivano il banco informazioni, le loro magliette azzurre, i loro capelli strani. I colori sembravano sfalsati, tonalità più chiare, quasi sfumate. Pensavo fosse colpa del cielo, del sole che tramontava al di là di quelle nuvole che parevano di metallo, avevano lo stesso colore, una lamina stirata a coprire l'azzurro.

Dentro, la luce artificiale rendeva quello scostamento ancora più evidente. Non mi capacitavo di come potessero mischiarsi, di come dalle finestre enormi, dalla porta, potesse entrare ancora luce solare mentre fuori non ce n'era. I neon illuminavano colonne di libri in esposizione, la frenetica costruzione di banchetti, i bar improvvisati, le spine delle birre.

Eravamo tornati fuori, le mani in tasca e i colletti delle giacche a ripararci dal vento che non aveva mai ceduto un momento. Pensavo che i racconti che stavo scrivendo e la vita che stavo vivendo sembravano intrecciati, una realtà che sfrigolava, scivolosa.

La chiesa era sconsacrata, credo. Eravamo entrati seguendo indicazioni, la porta socchiusa, una band che provava su un palco ricavato alla fine della navata, sedie di legno disposte in cerchio. Jacopo mi aveva fatto cenno di sederci, con gli occhi aveva detto di approfittarne, avevo voglia di bere, di avere un bicchiere in mano. Il cantante, una chitarra acustica a tracolla, ci aveva salutato con la mano, aveva battuto sul legno col piede, dato il ritmo al resto del gruppo che lo guardava concentrato. La canzone era qualcosa di folk, un misto di Irlanda e Stati Uniti, un assolo di violino, la storia di un uomo povero e alcolizzato che perdeva moglie e figlia per colpa di quel vizio, non mi piaceva, mi sembrava banale, sentita e risentita, atmosfera da cliché, canti in coro tutti sbronzi e abbracciati.

Avrei voluto essere un cantante. Stare in prima linea a prendere gli applausi, voltarmi e sapere di avere qualcuno alle spalle quando sarebbero arrivati i fischi.

Il cielo si era fatto finalmente scuro. Lo sfasamento passato. Di nuovo in teatro, avevamo visto un uomo che alzava un braccio per chiamare la nostra attenzione, era Chris, il mio editor. Ci aveva presentato la traduttrice, Manon, il capo della casa editrice, Peter. Ci eravamo fatti i complimenti, il libro era un oggetto bellissimo, una storia bellissima, Chris aveva detto che alla fine gli era venuta voglia di chiamare tutti i suoi amici per invitarli a cena, abbracciarli tutti, Peter che era orgoglioso di averlo pubblicato. Ero in imbarazzo, avevo abbracciato tutti, finalmente davo un viso a Manon che avevo soltanto sentito per mail: chiedeva informazioni, precisa e professionale, chiedeva le mie intenzioni, voleva chiarimenti sulle sfumature di certi momenti, il non detto dietro alle azioni dei personaggi.

Mi aveva costretto a farmi domande che, mentre scrivevo, non pensavo così importanti. Avevamo bevuto una birra tutti insieme, Jacopo mi diceva di smettere di fare l'umile, il modesto. Tutti lo sostenevano, il mio inglese era perfetto, lo avevano detto anche i giornalisti, il fotografo, non c'era niente di che preoccuparsi, sarebbe andato tutto bene, avrei soltanto dovuto godermela, il libro stava andando bene.

Scendeva una pioggerellina leggera, sembrava vapore. Avevo contato le copie del mio romanzo impilate alla bancarella, avevamo fatto un giro, visto dove avrei presentato, avevo guardato l'eleganza di quello che sembrava un anfiteatro, le luci che scendevano dal soffitto, il tavolino e il vaso di fiori al centro, il calore di quella scena, la cura dell'allestimento. Avevo guardato i posti a sedere, pensato: *chissà se riuscirò a riempirli tutti*. Passandoci di fianco lungo il percorso che ci avrebbe portato al bar, avevo ricontato le copie, non ne avevano venduta nessuna.

Seduto, adesso, guardavo il pubblico. Il sussurrare, l'avvicinarsi all'orecchio del vicino di posto, immaginavo i pensieri, gli sguardi che mi lanciavano, mi chiedevo cosa pensassero di me, se corrispondevo alle aspettative.

Sorridevo.

Nel backstage, l'uomo che stava dicendo a tutti che avremmo iniziato a breve mi aveva messo a mio agio, ogni cosa sembrava andare come doveva andare, nessun intoppo e nessuna ansia, ora che ero lì. Caldo mi parve l'applauso spontaneo dopo la pronuncia zoppicante del mio nome, ridevo e tornavo serio, facevo battute e il pubblico apprezzava, applaudiva, annuiva. Rispondevo con sicurezza, l'inglese una lingua che mi apparteneva.

Rispondevo alle domande su Fabbrico nascondendo il fastidio, era come se dovessi saperne a memoria ogni centimetro, davano tutti per scontato ci fossi nato, cresciuto, che i personaggi del mio libro fossero persone reali, conosciute. In qualche modo dovevo difendermi, giustificare il fatto che io non ci ero mai stato, a Fabbrico, ci ero passato accanto di sfuggita. Non volevo raccontare a nessuno di quella nebbia, di me dentro la macchina con mia moglie, a fare sesso e sentirmi in qualche modo posseduto da una forza irrazionale e magica non appena avevo iniziato a scrivere. Una forza che mi aveva portato ad avere successo, essere riconosciuto, una forza verso la quale adesso mi sentivo in colpa per il fastidio che provavo. Era come se avessi su di me occhi giudicanti, mi sentivo interrogato, non dall'uomo che era di fianco a me. Dovevo rispondere correttamente a un'entità esterna. Una sensazione strana, come se lì, lontano da casa, Fabbrico mi avesse seguito, come se gli applausi fossero per lei e non per me.

Ero padrone, e non lo ero del tutto, delle mie idee, delle mie storie. Ascoltavo gli applausi, il silenzio che speravo di approvazione, guardavo gli occhi attenti di tutti, di Jacopo che faceva sì con la testa, di Manon, Chris, Peter che beveva un gin tonic.

Gli occhi neri di una donna seduta là in fondo.

Mi ero ritrovato, davanti a quegli occhi – davanti a uno sguardo che non sapevo interpretare –, a immaginare che sotto di me tutto tremasse, che si aprisse la terra, che mi ingoiasse.

Erano quegli occhi a scrivere di me, a cui dovevo rispondere.

Non lasciavano scampo, il mio destino segnato, lo stesso di Giuseppe, Alice, lo stesso di Jack.

Per un attimo soltanto, ero certo di essere nato a Fabbrico, di aver tatuato il codice di avviamento postale sul braccio, di essere condannato a una realtà inequivocabile. Ero terrorizzato. Tutto si era fatto bianco, solo quegli occhi neri a fissarmi nel candore.

Mi ero protetto come potevo, il solito gesto, le mani chiuse a pugno sulla faccia, i pollici premuti sugli occhi.

Ero rimasto così qualche secondo, a sperare. Quando li avevo riaperti mi era sembrato di vedere del fumo nero avvolgere le persone, appena prima che tutto tornasse normale, la sensazione sparita, quegli occhi svaniti.

Nessuno sembrava essersi accorto di nulla, la presentazione era finita velocemente. Pensavo, mentre scendevo dal palco, mentre mi accompagnavano al firmacopie, mi sedevo e mandavo un messaggio a mia moglie dicendole che tutto era andato alla grande, se avessi detto cose sensate, cose che avrebbero aiutato il libro a vendere e cose che mi avrebbero reso intelligente agli occhi di quelle persone che avevano pagato un biglietto per ascoltare me.

Facevo finta di contenere la felicità, l'orgoglio per me stesso, per quello che avevo appena fatto, pensavo a mio padre, al suo *trovati un lavoro*. Nelle orecchie ancora gli applausi, le risate, negli occhi ancora i cenni di conferma quando dicevo qualcosa di profondo, quando prendevo le mie pause, quando, parlando di come Fabbrico si fosse rivelata ai miei occhi, mi ero commosso.

Ho voglia di ballare, avevo detto.

Prima ci ubriachiamo, avevano risposto.

La cena erano stati gli hot-dog venduti ai baracchini disseminati per il festival, i pass per le birre finiti molto presto, la marijuana coltivata da Manon. Il tepore mi avvolgeva, le voci rallentate e il tempo dilatato e ridotto. Eravamo entrati in una delle stanze che avevamo visto prima, c'era odore di fumo liquido, di birra, c'erano le luci basse, persone sedute e noi in mezzo a loro, la sensazione di essere riconosciuto, gli sguardi, i commenti a bassa voce, le persone che mi indicavano.

Io salutavo e scherzavo con tutti, con Chris e Peter che mi dicevano sarebbe stato bello andare tutti insieme a Fabbrico, che era impossibile, secondo loro, che io non l'avessi mai vista. Pensavo alla nebbia, a mia moglie, sentivo gli odori, i rumori di Fabbrico, erano veri, erano reali.

Una realtà che mi aveva portato a essere lì, celebrato.

Fabbrico era gli occhi di quella donna tra il pubblico, una voce nella testa che, al di sopra della musica che stava iniziando, sussurrava: *tutto questo lo devi a me*.

Alza il manubrio del transpallet circondata dal freddo del magazzino, da quello che si avvicinerebbe a un silenzio perfetto se non ci fossero i rumori ovattati che arrivano al di là della porta sigillata, la musica della radio, il mormorio indistinto dei clienti, ogni tanto la voce di qualcuno sparsa per tutto il supermercato dal microfono. Spera che nessuno la chiami, che possa stare lì tutto il tempo possibile, tutto quello che ha a disposizione.

Si muove lungo i corridoi non troppo lunghi, si è vestita poco, sente freddo, vede le nuvole uscirle dalla bocca quando respira, ogni tanto si ferma, si toglie il guanto e prende il fazzoletto dalla tasca del grembiule azzurro, si soffia il naso, si sistema gli occhiali. Li preferisce grandi, che le coprano quasi tutto il viso, che le nascondano il naso, non le piace.

Le dicevano che era bello, lei rispondeva sempre di no, che avrebbe voluto rifarselo, che avrebbe voluto rifarsi tutta. Si guardava la pancia dentro il camerino prima di andare in onda, il culo, si guardava le tette, gli zigomi, si accarezzava, stringeva, tirava e schiacciava. C'era sempre uno specchio illuminato male, che faceva risaltare i difetti.

Le dicevano che non era mai contenta, lei pensava avessero ragione.

Arriva allo scaffale e si china per raccogliere le scatole che deve sistemare, le solleva piano, con cura, le piace fare quel lavoro bene, con calma, le piace che nessuno le corra dietro, prendersi il tempo che le serve, controlla la bolla e spunta, la biro è ingombrante e scomoda, di quelle con quattro colori, vuole usare quella anche se per scrivere deve togliersi il guanto di nuovo, sentire freddo di nuovo, maltrattare la pelle già secca di quelle mani che una volta non erano così, quelle unghie che una volta non erano così. Si mangia una pellicina attorno al pollice, sente il male, la pelle che si stacca, si strappa, la carne viva che brucia al contatto con la pelle sintetica del guanto quando lo rimette, le piace anche quello, le manca anche il dolore.

A volte pensa che le manca tutto.

Pensa che ha un marito che la ama, che le è stata regalata una seconda possibilità, è riuscita ad andarsene da Fabbrico, trasferirsi qui, in città. Era spaventata, terrorizzata dall'enormità. La guardava sulla cartina stradale e pensava che sarebbe stata troppo grande per lei, la consolava il pensiero di sparire nella moltitudine, fuggire e mimetizzarsi. Si era stupita di com'era stato facile, una volta trovato il coraggio di arrivare lì, capire che per mimetizzarsi, per essere chi avrebbe voluto, doveva splendere e nascondersi sotto i riflettori. Adesso le manca lo scoppio di gratitudine e autostima che le davano le luci, gli applausi, la gente che la fermava per strada, le telecamere, i fotografi appostati fuori dalle discoteche da cui usciva spesso ubriaca. Non le manca bere, non le manca la droga, è convinta fossero un palliativo, qualcosa che le teneva in vita l'adrenalina che scemava in giornate spese a fissare quel telefono che non squillava, a sfogliare le riviste che non la ritraevano più, cercare quelle dov'era in copertina e contare con le dita gli anni che erano passati.

Accettare di aver fallito.

Si accorge di aver finito, che quella che ha in mano è l'ultima scatola di tonno, che la lista è stata spuntata tutta, che non c'è più niente da fare, che dovrebbe tornare di là, al banco della salumeria, affettare, chiacchierare, spettegolare, sorridere.

Si siede su un cumulo di scatole imballate, si toglie i guanti coi denti, ancora quel freddo, quella pelle che invecchia, quelle dita che le fanno male, succhia il sangue dalla pellicina che si è staccata, la stuzzica con la lingua, coi denti, sorride al fastidio, al bruciore. Prende le cartine, i filtri, il tabacco, si rolla una sigaretta, esce dalla porta secondaria che sbuca sul parcheggio, ci sono i cassonetti della spazzatura, il rimorchio di un camion, l'asfalto.

Non le piace fumare, non è capace, si sente ridicola, a volte pensa che lo fa per perdere tempo, per costruire qualcosa con le sue mani, mettersi lì, stendere il tabacco, posizionare il filtro, rollare, le dà una qualche forma di compiutezza, di solidità, un dirsi: *sei capace*. Ripensa alla prima sigaretta fumata, Jack che la toglie coi denti dal pacchetto e gliela passa con sguardo di rimprovero, si chiede perché continui a farlo.

Guarda il fumo confondersi con il suo alito, sparire nella bruma di quel mattino, nella foschia di un cielo che non lascia vedere il sole da settimane. Quasi si dimentica che c'è, alzarsi dal letto e controllare se si stia facendo vedere o meno si trasforma in una speranza, una sfida. Ogni volta che fuma spera che quel tabacco la riscaldi, non lo fa mai, si chiede perché si ostini a essere ottimista. Perché abbia accettato di sposarsi.

Si erano incontrati in una discoteca di periferia, erano gli ultimi mesi di una carriera morente, lei si era fatta fare le foto dopo aver ballato una mezz'ora di fianco a un deejay molto più giovane che non l'aveva degnata di uno sguardo. L'uomo che sarebbe diventato suo marito si era presentato con un mazzo di rose, ubriaco.

Le era sembrato patetico, vestito male, con gli occhi acquosi e sinceri, contento di vederla, di poter scambiare qualche parola, di poterla abbracciare e baciare sulle guance, di poter avere un contatto con una donna che immaginava irraggiungibile. Si erano ritrovati a spogliarsi nella macchina di lui, sul sedile posteriore, le rose appoggiate sul sedile davanti, lui a ripetere che era bellissima mentre lei si scostava le mutandine, mentre gli chiedeva di dirglielo ancora.

Era suonato l'antifurto, le luci intermittenti delle frecce avevano riempito l'abitacolo di arancione, deformato i loro lineamenti, l'allarme aveva tappato le orecchie, soffocato le risate, la sensazione che quello fosse un segnale. Lei gli aveva accarezzato la faccia e tutto le era apparso semplice.

Il matrimonio non era stato eccessivo, lei non aveva invitato nessuno che non le fosse parente, si era resa conto di non avere più amici. La festa era stata leggera, si erano ubriacati mentre un amico di suo marito suonava blues e country che tutti ballavano e cantavano, lei aveva indossato il vestito della nonna di lui, ingiallito dal tempo, aveva sperato portasse fortuna. Era stata contenta di svegliarsi il giorno dopo con quel cerchio alla testa, la voglia di vomitare, felice di avere quella schiena rivolta verso di lei, quell'uomo sdraiato nello stesso letto, si era sentita sicura, solida, instradata in una vita semplice e duratura, quella che sua madre aveva sempre voluto per lei.

Il sesso era quello che era, credeva che le imprese eroiche, i bagni dei ristoranti, le finestre delle suite, la gente a guardare, le corde, le fruste, le umiliazioni inferte e subite per gioco, in tre, in quattro, la droga fossero solo un ricordo, qualcosa di passato come la sua gioventù. L'umiliazione qualcosa che era sicura di meritare. Da moglie, si accontentava di farlo come voleva lui, senza fronzoli, in tuta, struccata, lei sotto e lui a guardarla, venerarla.

Torna dentro, si costringe ad andare dove deve essere, finire il proprio lavoro, affettare due etti di pancetta, mettere le patate al forno dentro una teglia piccola di alluminio, insacchettare porzioni di vitello tonnato, sopportare l'occhiolino del macellaio che la fissa mentre disseziona un pollo. Finisce il turno e nel camerino, così diverso da quelli di una vita fa, si toglie il grembiule azzurro, indossa il piumino senza nemmeno lavarsi le mani, senza guardarsi allo specchio, cambiandosi gli occhiali, infilandosi quelli da sole. Accende il telefono fuori, sul marciapiede, salutando i colleghi che iniziano il turno, le persone che conosce sedute sulle sedie del bar lì fuori. Come ogni volta pensa per un attimo di prendersi un Campari con la vodka, si incammina verso casa.

Uno, due, tre messaggi, non riconosce il numero che l'ha cercata con quell'insistenza, un numero che appare di nuovo, che di nuovo fa vibrare il telefono e che lei fissa senza fare niente in mezzo alla strada, a quel marciapiede che costeggia le case popolari, la finestra di un uomo che nonostante i vetri chiusi sente bestemmiare contro la badante. Guarda lo schermo diventare nero di nuovo, illuminarsi di nuovo, un altro messaggio, *sono Caterina, chiamami, è urgente*. Alza gli occhi e un topo le attraversa la strada, veloce.

Caterina era la sua agente, quella che le trovava i lavori, le ospitate ai programmi pomeridiani, concordava con le riviste le foto da scattare per far nascere nuovi flirt da sbattere come pettegolezzo sulle bocche delle clienti di un parrucchiere, nelle case di riposo.

Rimette il telefono in tasca, si stringe nel piumino in mezzo a quel freddo che le sembra sia diventato più intenso, nel dolore della pellicina che si è strappata quella mattina e che adesso le pulsa. Cammina di nuovo, un passo dopo l'altro, una strada dopo l'altra fino ad arrivare davanti a casa sua.

In bagno si spoglia piano, si guarda nello specchio sopra il lavandino, fa le smorfie, si tira la pelle, finge di mandare baci, spalanca gli occhi, guarda le rughe sparire e poi riapparire, le sopracciglia. Si lava con cura, usa un balsamo che non usava da chissà quanto tempo, l'acqua bollente, il sapone alla cannella che si era comprata qualche tempo prima e che non aveva mai aperto.

Si asciuga lenta, si pettina i capelli modellandoli col phon, si trucca con gesti che credeva di aver dimenticato, si riconosce e si stupisce una volta finito, mentre si veste, mentre si mette un paio di pantaloni che spera le vadano ancora bene, trattiene il fiato mentre chiude il bottone, mentre si infila un paio di scarpe e una camicetta leggera e quasi trasparente. Il sole di gennaio adesso c'è, è pallido, un vento leggero e gelido accarezza i palazzi che la circondano mentre, sul balcone, stringe il telefono, il numero di Caterina.

Suo marito torna a casa che è già buio da molto, lei lo aspetta in cucina, ascolta i movimenti soliti, la giacca a vento appesa all'attaccapanni. Aspetta che lui la raggiunga, che le baci i capelli, che le dica che c'è un buon profumo, che le chieda cosa c'è da mangiare. Lei ha curato ogni dettaglio di quelle stanze, aveva bisogno di bellezza in quella casa che da fuori sembra una cella, un formicaio di appartamenti tutti uguali per dieci piani. Una penisola riempie il centro della cucina dove mangiano, la luce calda sopra le loro teste li illumina senza farli sembrare fantasmi, li colora di qualcosa di vivo, al centro della tavola ci sono sempre fiori che si ferma a comprare ogni settimana, i profumi sparsi per casa, le lenzuola morbide che la fanno dormire comoda, le tende, il parquet sfumato in un marrone che ricorda i tronchi degli alberi, la natura. Suo marito le sembra bello, adesso, dopo anni di matrimonio, ha perso la goffaggine dell'inizio, quando sembrava si sentisse in difetto, mai abbastanza per lei, quando litigavano ed era sempre il primo a chiedere scusa mentre lei se ne stava rannicchiata sul pavimento, il freddo delle mattonelle. Le diceva che aveva il terrore di essere lasciato, che era rabbia nata dall'amore, le fa piacere pensare che sia stata lei a migliorarlo, la barba curata, i capelli sempre pettinati anche quando torna dalle giornate passate sul camion. Ha smesso di uscire, di picchiarsi nei bar.

Lei si pulisce le mani sui pantaloni della tuta che ha indossato dopo la passeggiata, dopo essersi guardata allo specchio di nuovo ed essersi scoperta ridicola, dopo il sorriso malinconico che ha concesso a quell'immagine riflessa, a quell'eleganza ritrovata, a quel trucco che ha subito lavato, si volta verso suo marito e lo bacia, a lungo, tenendogli il viso tra le mani.

Lui resta fermo, stupito, le dice che ha un buon profumo, un profumo che non le ha mai sentito addosso, la ferma, le prende i polsi e li stacca dal suo viso, la fissa. Le chiede cosa sia successo.

Finiscono di mangiare dopo aver riso di niente, dopo aver raccontato le solite banalità, mentre sparecchia Alice guarda suo marito che spazza per terra le briciole, che piega la tovaglia, che scende a buttare la spazzatura, la cura che ci mette nel fare la differenziata, che la raggiunge in cucina, che adesso la bacia, sulle labbra questa volta, che la abbraccia, lei sente la sua eccitazione attraverso i pantaloni che non si è ancora cambiato e lui sorride quando lei gli dice di farsi una doccia, prima.

Nell'attesa, risente in testa la voce di Caterina, la morbidezza che si trasforma in assertività, le condizioni contrattuali, i soldi che le hanno garantito, le possibilità per un rilancio della sua carriera. Si chiede se lo vuole, se vuole davvero farlo.

Se le motivazioni siano corrette, se sia giusto sfruttare una cosa del genere, se sia giusto restare lì. Si chiede se le faccia male aver tirato di nuovo fuori dal cassetto quei ricordi, quelle memorie, i sussurri di Alessandro sotto le lenzuola di quella casa, le telecamere tutto attorno, gli altri concorrenti a circondarli, Alessandro che le dice di dimenticarli, che sono solo loro due, che le dice quanto lei gli piaccia, quanto sia giusto farlo per la loro carriera, per farsi notare, che quella è una gara e che devono vincerla, che possono allearsi. Si ricorda il suono delle coperte che si muovevano sopra di lei mentre si infilava lì sotto, mentre annusava il profumo della pancia di Alessandro, mentre non capiva se voleva farlo davvero, mentre gli abbassava i pantaloni, le mutande, glielo prendeva in bocca e si stupiva perché se lo era immaginato più grosso, il sorriso che le era scappato nel sentire le mani di lui tra i capelli, le coperte che si scostavano, le telecamere che sparivano e c'erano solo loro due, lei e Alessandro e l'amore che aveva scoperto essere sicura di provare, la voce di lui quando tutto era finito: appena usciamo da qui devi soltanto rifarti il naso. La convinzione che tutte quelle telecamere puntate costantemente addosso non la infastidissero, la facessero sentire a proprio agio, in linea con quello che aveva sempre provato, la sensazione di essere guardata, che qualcuno fosse sempre lì a spiarla.

Ehi, ci sei?

Si volta e vede suo marito in accappatoio, gli sorride, sì, sono qui, dice mentre lui le si avvicina per accarezzarle il viso, per chiederle se va tutto bene. Lei non risponde, gli bacia la mano, aspettami in camera, gli dice.

Si prepara, si passa la crema sul viso, si lava i denti e si guarda allo specchio ancora una volta, si accarezza la faccia respirando profondamente, le sembra di non riconoscersi, chiude gli occhi e sente un brivido che le stringe la pancia, le cosce, le scende fino ai piedi che Alessandro amava baciare, fino al pavimento che percorre per raggiungere suo marito che l'aspetta a letto indossando solo le mutande. Quando la vede entrare si alza in piedi, le prende le spalle e la spinge piano contro il muro, le abbassa i pantaloni del pigiama, le infila una mano nelle mutande e la guarda negli occhi, le bacia la faccia, le dice che la ama.

Sul letto le prende i capelli, le schiaccia il viso sul cuscino, grugnisce, non la spoglia, le lascia i pantaloni e le mutande a metà coscia, entra dentro di lei con prepotenza, senza cura, le stringe il culo e lo spalanca, lei sente i suoi occhi fissi sul cazzo che entra e che esce, forte, sulla pelle che ha deciso di lasciare scoperta, sente lo schizzo caldo, la necessità di tornare in bagno, la tristezza che lui non abbia avuto la cura di non sporcarla.

Quando torna, lui ha un piede fuori dalle coperte, come suo solito, lei si sofferma un attimo a guardarlo, a riprendere coscienza di dove si trova, casa sua, gli abat-jour sui loro comodini, le gite all'Ikea, il tappetino in tinta con l'armadio a tre ante, la foto appesa alla parete di loro due sposi, l'ingrandimento del panorama delle Maldive scattato durante il loro viaggio di nozze, tutto quello che vede sfarfalla per un momento, si riposiziona.

Si sdraia anche lei, si infila sotto le coperte dopo aver spento la luce, si volta verso di lui, striscia sul materasso per farsi abbracciare, per guardare il profilo di suo marito che continua a leggere, per guardare quel naso, quella barba, quelle orecchie, sentire il profumo di tutti i giorni, l'odore del detersivo che usa per lavargli tutto, l'ammorbidente che all'inizio non gli piaceva e a cui poi si è abituato. Lei si schiarisce la voce, se la schiarisce più forte, lui si volta.

Cosa c'è?

Oggi è successa una cosa.

Lo sapevo. Devo preoccuparmi?

No, non è niente di che.

Dimmi.

Mi ha chiamato Caterina.

Chi?

Caterina, era la mia agente.

Suo marito si solleva, si alza in piedi, cammina per la stanza, muove le mani, le stringe a pugno.

E?

Alessandro ha fatto un incidente. È morto.

Chi?

Dai, lo sai.

Ok, sì.

Mi hanno invitato a un programma televisivo. A parlare della nostra storia.

E tu ci vuoi andare?

Non lo so.

Non raccontarmi bugie, lo sai. Tu ci vuoi andare.

Davvero, non lo so.

Ti ho detto di non raccontarmi cazzate.

Sì. Scusa. Sì, ci voglio andare.

Suo marito resta in silenzio, smette di camminare, si siede in fondo al materasso.

Non ti arrabbi se vado?

Lui resta in silenzio, lei gli guarda la schiena, i respiri, esce dalle coperte e si avvicina, adesso, striscia sul materasso e allunga una mano, lo accarezza, la schiena, i capelli, lui resta immobile, lei continua, piano, gli accarezza le orecchie fino a quando lui non la guarda.

Non si ricorda l'ultima volta che ha preso la metropolitana, guarda la gente che corre attorno a lei, quella che cammina piano, che si ritrova, che si abbraccia, il rumore fastidioso e bellissimo delle valigie trascinate. Si sente bene una volta salita nel vagone, ricorda le fermate in cui sale più gente, quelle in cui scende più gente, la sicurezza con cui si muove verso un uomo che lascia libero un posto, il sospiro di sollievo che fa quando appoggia la nuca al finestrino, quando guarda i visi che la circondano, le espressioni, la speranza di riconoscere qualcuno, la voglia di salutare qualcuno, la consapevolezza che non succederà, di essere solo una tra tanti. La gioia di ritrovarsi lì. Una gioia che si diffonde nella pelle che smette di essere quella che conosce e si trasforma in quella che era, in quella donna che, adesso, sorride a un uomo, fintamente imbarazzata dal suo sguardo. Gli sorride lungo tutto il tragitto, lo fissa, sente l'imbarazzo di lui, adesso, lo vede che si gratta la fronte, che non riesce a reggere quegli occhi, che non sa come interpretarli, che li distoglie e poi di nuovo torna a guardarla, per un attimo, un attimo per capire se è vero.

Pensa di leccarsi le labbra, di attorcigliarsi i capelli tra le dita, toccarsi il viso, si dice di non strafare e continua a guardare quell'uomo nel buio delle gallerie che attraversano, nelle luci delle stazioni in cui si fermano, nell'indifferenza degli altri passeggeri chiusi nelle giacche pesanti nel freddo di quel gennaio, lo guarda e non smette: si immagina quanto poco basterebbe per farlo suo, per farsi portare da qualche parte, quanto poco basterebbe per farsi baciare, ammirare, per guardare lo stupore nei suoi occhi, il non capacitarsi che stia toccando proprio a lui. Si immagina il tono con cui lui lo racconterebbe ai suoi amici, come loro non ci crederebbero, come ci penserebbe sotto la doccia, mentre mette a letto i figli, mentre dà il bacio della buonanotte a sua moglie prima di restare solo sul divano, chiudere gli occhi e pensare a lei, a quanto fosse bella.

Quando scende, sta ferma un attimo lungo il binario, spera che nessuno la spinga, si stringe la borsetta al petto, le viene da piangere chiedendosi soltanto per un attimo cosa ci faccia lì, perché è venuta, si rimette gli occhiali, la luce artificiale le sembra triste, qualcosa di spettrale e lattiginoso, qualcosa che la riporta alla vita di prima a cui pensa come un film con lei protagonista, qualcosa che non è successo realmente, qualcosa di conosciuto e finto.

Il cielo che intravede le sembra diverso, le sembrano diversi i colori, diversi i negozi, le luci delle insegne, riconosce le facce, le persone che le si avvicinano per venderle accendini, caricabatterie del telefono, giochi di plastica che si romperanno immediatamente.

Cammina nel traffico del centro, si ferma ai semafori, riconosce le strade, il percorso, guarda i palazzi e le pubblicità enormi, il suono dei clacson, quello dei tram, l'edicola dove si fermava sempre a comprare le riviste, riconosce il palazzo di vetro che le si presenta davanti dopo una svolta a sinistra.

Le porte si aprono e si chiudono creando un silenzio innaturale, la città intrappolata all'esterno, la hall è enorme, si era dimenticata quanto fosse grande. Si stupisce di come cambino le proporzioni nei ricordi, di come quel soffitto non le sembrasse così alto, di come quei quadri luminosi e astratti non le sembrassero così imponenti, di come quella scrivania, dietro cui sta quell'uomo coi capelli adesso bianchi, le incutesse timore. Entrare lì, sorridere, dire il suo nome, mostrare la carta d'identità, farsi dare il pass necessario per salire in ascensore, per accedere agli studi, era parte della routine, come adesso lo è sistemare gli scatoloni in magazzino, affettare salumi, cucinare, pulire le stanze di casa sua, accettare le critiche di suo marito sulla pasta poco cotta.

Lo era essere salutata da tutti, passare per la sala trucco, avere tre persone che si dedicavano solo a lei, che le dicevano quanto fosse perfetta, quanto il trucco dovesse essere leggero, quanto la sua pelle fosse luminosa e ben nutrita, quanto Alessandro la trattasse male e quanto a lei piacesse. Non le interessa che lui sia morto, non prova nulla che non sia il piacere di essere lì, di nuovo, essere abbracciata, di nuovo, essere riconosciuta, di nuovo, essere coccolata, accompagnata, le piace la ragazza che le si avvicina e con un sorriso che si convince essere vero si presenta e le stringe la mano, le piace il tono che usa nel dirle: seguimi.

E di nuovo si ritrova in una sala trucco, seduta su una poltrona, di nuovo si guarda allo specchio sotto luci spietate, la pelle che torna a essere la sua, non quella di chi è stata, il naso, al centro di quel viso invecchiato. La voce della truccatrice, adesso, le sembra fasulla quando le dice che è bellissima, che la pelle è perfetta, che è nutrita bene e, quando quella truccatrice finisce, quando la ragazza le dice di seguirla di nuovo, lei si guarda per l'ultima volta allo specchio e si vede bella e conosciuta e finta come la luce della metropolitana, una versione migliorata di se stessa, senza traccia del tempo trascorso dall'ultima volta che è stata lì dentro. In camerino la ragazza le fa provare abiti e cerca un modo gentile per dirle che forse ci sarebbe bisogno di una pancera, non perché sia grassa, perché il vestito cade in un modo particolare e non è colpa sua, come se l'invecchiare fosse una disgrazia da dimenticare in fretta, e quella voce, una voce che si accorge essere la stessa che l'ha accolta nella hall, e che l'aveva fatta sentire così bene e che adesso le fa così male, è sempre stata falsa.

Come falso è tutto quello che succede: l'abbraccio con la conduttrice che sbaglia il suo nome, le telecamere, gli sbadigli del cameraman, falso è il video trasmesso di lei e Alessandro sotto le coperte, le foto scattate all'esterno di un locale, i fotografi chiamati apposta, falsi sono i commenti che sente, i sorrisi che dispensa e le parole che dice, falsa è la storia sul tatuaggio che dice di essersi fatta per lui, la felicità di essere lì, la tragedia capitata.

False sono le lacrime che le rigano le guance quando dice che Alessandro è stato uno degli amori più importanti della sua vita, la rabbia che finge quando una donna come lei, invecchiata come lei, l'accusa di averlo abbandonato, di non esserci stata per lui.

Vero è il pensiero che le attraversa il cervello e poi la pancia, l'incomprensibile scelta di essere venuta, di aver accettato, la nausea che tutta quella falsità le provoca nello stomaco, nel petto che si gonfia. Ha la nausea nel guardare il primo piano di Alessandro proiettato sullo schermo gigante, la sua foto preferita, quella in cui diceva di essere venuto meglio, in cui gli occhi illuminavano il viso. Sembro un intellettuale, diceva. Non lo riconosce. Non crede di averlo conosciuto davvero, di esserci stata insieme, di aver trascorso del tempo da sola con lui.

Vera è la rabbia quando comprende lo scarto incolmabile tra realtà e fantasia.

Scappa, senza dire niente, senza salutare nessuno e senza ascoltare le voci che la rincorrono, quella della ragazza che le stringe il braccio e le chiede dove stia andando.

Vado via, le risponde, torno a casa.

E la ragazza ha un'espressione indifferente che è come una coltellata e lei, nascosta nel camerino, piange e piange e pensa a suo marito, al sedile posteriore della macchina nel parcheggio della discoteca, pensa ai balletti sotto i riflettori, ai sorrisi davanti alle telecamere, le torte in faccia prese per lavoro, gli scherzi a cui ha dovuto partecipare, le umiliazioni che ha subìto per apparire, per restare nel personaggio. Smette di piangere mentre si strucca, mentre si guarda allo specchio e vede quel naso che ora le piace e, nello specchio, vede Jack che muore, Giuseppe che apre la porta del fienile, suo marito, vede la sua vita su quella superficie che ha smesso di riflettere per farsi schermo, la sua vita che passa, le cose che le sono successe, ed è con fatica che abbassa lo sguardo, che prende il pass che le hanno dato alla reception e quel nome che legge, ALICE, non le sembra il suo.

La città sembra ferma, cristallizzata nell'immagine che vuole dare di sé, nell'idea che sembra avere di se stessa. Alice cammina verso una panchina poco distante, si siede e prende il telefono. Vorrebbe telefonare a casa, vorrebbe che suo marito fosse lì, che quella solitudine, il peso di quello sbaglio, fossero mitigati e scaldati all'istante, chiama un taxi e aspetta e le sembra che siano passati giorni e quella sensazione le sembra assurda come tutto le era sembrato assurdo all'interno di quello studio televisivo. Le sembra, sotto quelle nuvole immobili, salendo sul taxi che arriva, mentre si siede schiacciata contro il finestrino, mentre non guarda in faccia l'uomo che le chiede se va tutto bene, che capisce di non poter fare conversazione, di essere stata compresa soltanto a centinaia di chilometri da lì, da Jack che non la giudicava, da Giuseppe che la guardava e l'amava, dalla pianura infinita di Fabbrico, da quei colori che ora le mancano in un modo che non sa descrivere. Si immagina, mentre la città le passa davanti agli occhi senza guardarla davvero, il ritorno a Fabbrico, il paese che si colora per riabbracciarla, il verde dei campi e il giallo del sole e l'azzurro del cielo, la brezza che c'è a settembre e le serate all'aperto, e sente, mentre il centro diventa periferia, la voce di Fabbrico che le dice: *torna, ho bisogno di te.*

Immagina di tornarci con suo marito, di stringerlo una volta a casa, l'abbraccio dell'uomo che ha deciso di sposare e su cui da adesso non nutrirà più dubbi, il profumo di quello che le avrà preparato per cena, le domande a cui lei non risponderà e le parole che non saranno necessarie. Si immagina le carezze che lui le farà a letto, i baci che le darà, le coccole, la comprensione che sentirà e la mancanza di giudizio in ogni gesto che li accompagnerà a addormentarsi abbracciati. Immagina che lui non avrà voglia di fare l'amore, che lei avrà voglia di scendere sotto le coperte, di baciargli la pancia, l'erezione che ci metterà un po' a crescere e immagina il calore che sentirà nella comprensione di essere amata, l'espressione di suo marito quando le dirà di sì, certo, trasferiamoci a Fabbrico.

Sente quella risposta sul sedile del taxi, sotto il cielo di gennaio che l'accoglie a casa abbracciandola di un'umidità che le si aggrappa alle ossa. Suo marito che non è sulla porta di casa come si era immaginata, e Alice sorride al pensiero di quanto sarebbe stato bello trovarlo lì, fare un bagno caldo insieme, e sorride quando infila le chiavi nella porta e ascolta il silenzio che c'è dietro quel legno spesso che apre.

Le luci la travolgono e sente la televisione accesa, cammina senza far rumore, si asciuga una lacrima che le riga la guancia e, dopo il corridoio, in salotto, la testa di suo marito sbuca e si volta verso di lei per guardarla.

Alice resta ferma, lascia che la borsa cada sul pavimento, resiste all'impulso di corrergli incontro, resiste e spera che sia lui ad alzarsi, a camminare verso di lei, spera che l'abbracci, la baci, lui continua a guardarla, e adesso lo fa, si alza, le va incontro.

Le dà uno schiaffo sul viso, la fa cadere a terra e la prende a calci, a pugni, insiste e non smette e, quando Alice tenta di proteggersi fra le lacrime e i singhiozzi, quando per un attimo le sembra che le scarpe di suo marito siano tenute insieme da del nastro adesivo, e le sembra così assurdo che suo marito indossi scarpe del genere, così tanto assurdo che tra le lacrime e il dolore le scappa un sorriso, lui le prende il braccio e lo torce e si sente, al di sopra della supplica di lei che chiede all'uomo che la ama di smettere, il suono secco di un osso che si spezza e, sul viso di Alice, lo sputo finale, l'umiliazione di restarsene lì sdraiata, incapace di reagire, soffocata dal dolore, ad ascoltare le parole di suo marito che le dicono: troia, alzati, ci sono ancora i piatti da lavare.

Ballavo al ritmo di una musica tambureggiante, al suono della batteria elettronica, a quello della cassa che risuonava dal pavimento, la schiena della donna vista alla presentazione saltellava davanti a me, saltellavano i suoi capelli raccolti. Le guardavo le mani, i piedi, gli occhi chiusi. Nessun pensiero sembrava attraversarla, era puro divertimento, lo ero anche io. Lei aveva aperto gli occhi – di nuovo quel nero – ci eravamo guardati per un attimo, il viola e l'arancione e il verde delle luci si alternavano sui nostri visi, sui nostri vestiti e sulla pelle che mostravamo, sui denti che ridevano.

Quella cassa dritta ci costringeva a battere i piedi, a saltellare, sudare e tenerci per le mani, lasciarci andare e poi riprenderci, e in quel momento, quando si allontanava da me, scuoteva la testa, i capelli, quando muoveva le mani e le gambe, i piedi e le dita e la schiena e le spalle a ritmo, illuminata dalla luce tremolante e fluorescente, dall'arancione che diventava rosso e poi viola e poi bianco, sorridente, era uno spettacolo da guardare. La guardavo sudare, ansimare, danzare e poi fermarsi, chiudere gli occhi. Avevamo ballato per tutto il concerto, ci eravamo sfiorati, stretti, e i nostri piedi non si erano mai pestati, i nostri movimenti mai sovrapposti.

Avrei voluto dirle come mi ero sentito prima durante la presentazione, l'effetto del suo sguardo. Avrei voluto dirle che mi aveva fatto paura.

Era sparita, mi ero agitato, l'angoscia di non vederla più,

il desiderio di vederla ancora, meravigliosa, come l'idea che portava con sé. Era tornata con un paio di birre, non avevo sete, aveva indugiato, guardato i bicchieri che teneva in mano, sembrava chiedersi quale fosse quello giusto, me lo aveva allungato e avevo bevuto.

Le luci di nuovo accese ci avevano trovato in maglietta a maniche corte, i maglioni sul pavimento, sudati.

C'erano stati i nostri sguardi, lei che finalmente rideva, i suoi denti perfetti, l'avvicinarsi, le luci soffuse e il suo profumo, Jacopo e gli altri che mi chiamavano.

Non avevamo scambiato nessuna parola.

Ci eravamo salutati così, nel niente.

Dopo il concerto era iniziata la festa. Avevo bevuto i cocktail che mi venivano allungati, fumato le canne che mi venivano passate, riso alle battute che venivano fatte mentre un deejay col cappello da cowboy metteva vecchi classici e una ragazza ballava di fianco a lui, una ragazza che per un attimo avevo pensato fosse Alice. La leggerezza mi prendeva la testa, la droga e l'alcol stretti a sollevarmi altrove, lontano dal libro, dalla mia famiglia, dal lavoro.

Barcollavo e tutti barcollavamo. Sbattevamo contro persone, le luci danzavano con tutti quei corpi, a ritmo della musica, dei profumi che si mischiavano, borbottavo e chiedevo scusa, la lingua felpata, la salivazione azzerata, mangiavo le parole, il mio inglese qualcosa di gutturale e incomprensibile. Un ragazzo mi aveva spintonato, i lineamenti di mostro, la bocca spalancata e i denti fluorescenti sotto quelle luci artificiali, gli occhi minacciosi.

Mi aveva spinto ancora, sbattevo contro altre persone che non si erano accorte di nulla, ballavano, tenevano gli occhi chiusi. Chiedevo scusa a tutti, al ragazzo che mi era davanti e non mi lasciava andare. La testa mi rimbombava, l'alcol e le droghe risalivano all'interno del mio corpo, raggiungevano il cervello e quel viso si trasformava in qualcosa di disumano, furioso. Era tutto quello di cui avevo paura. Era il buco che sentivo nello stomaco. Lo avevo davanti.

I suoi occhi erano la notte in cui, dietro il bancone della discoteca dove lavoravo, mi ero chinato a raccogliere un sacchetto con tre grammi di cocaina e avevo chiesto al mio collega cosa fosse, il suo abbraccio, il suo sollievo infinito. Erano il piatto scaldato alle cinque del mattino, non riuscire a fermarsi, lo stupore di sentirmi in cima a ogni cosa, inscalfibile. Erano la ripida discesa nella distruzione, l'addio dei miei amici di infanzia, i loro sguardi pieni di pietà e schifo, erano le ragazze scopate nei cessi, nelle macchine, il susseguirsi di corpi, il dimenticarmene subito dopo. Erano il fallimento. La parte peggiore di me. Erano la violenza, le risse, i pugni, i calci, le gomitate, le fughe dai carabinieri, la droga venduta.

Quegli occhi erano l'evasione, come sempre, il palliativo che nascondeva un malessere infinito, dall'origine sconosciuta.

Erano mio padre che mi prendeva la maglietta e mi sbatteva contro il muro, mi sputava addosso: non sei mio figlio.

Erano, poi, il mio essere padre, la responsabilità di esserlo diventato così giovane, erano gli occhi di mia figlia, l'affidarmi a mia moglie, sperare che lei prendesse le decisioni giuste per me.

Erano la vergogna del dover essere salvato.

Ero una recita, una maschera.

Quegli occhi erano le pagine bianche davanti al mio viso, erano la violenza che mettevo in quello che stavo scrivendo, la realtà che mi sfuggiva di mano. Un buco nero che sobbalza. Un passaggio per un altrove che sapevo di conoscere. Erano occhi che parlavano a qualcosa dentro di me, di così profondo che non ero capace di vederlo, erano gli stessi occhi di Alice.

Qualcosa che si è risvegliato.

Fabbrico – quella casa, quelle cinque punte – è dentro di me, lo so.

Era lì, in quel paese straniero. Negli applausi, nel successo che stavo avendo, era nella rabbia che si sfogava, nell'urlo lanciato sopra la musica che rimbalzava sulle pareti, nella reazione del mio corpo comandato da una forza irrazionale. Era nelle mie mani che prendevano i polsi del ragazzo, nella mia voce che diceva *basta*, nella mano che si chiudeva a pugno, nelle nocche che sbattevano su quel viso, che continuavano, nei pugni che davo a mio padre, a mia madre, alla mia scrittura, al mio lavoro, a Mirco davanti al letto sporco di piscio, ai miei personaggi, tutti. A Giuseppe, Alice, a Jack. Era nelle gomitate e nei calci che continuavo a dare quando Chris e Jacopo avevano provato a stringermi, immobilizzarmi, trascinarmi via, nelle parole sconnesse che ripetevo, lasciami andare, urlavo, lasciami andare. Disperato.

Fabbrico era in quelle parole che diventavano supplica.

Lasciami andare.

Mi ero ritrovato fuori, le luci che fiammeggiavano, la testa che pulsava, la visione di quello che mi circondava sfocata. Manon mi teneva un bicchiere ghiacciato sull'occhio, la musica ci raggiungeva soffusa: il ricordo di qualcosa che iniziava ad apparire surreale. Surreale era lo sguardo di Jacopo che non sapeva cosa dire, l'accenno a un: torniamo in albergo, dai. Chris che parlava con lui, Peter che mi fissava senza parlare, io da solo, seduto sul marciapiede.

Avevo bisogno di vedere le stelle, di vedere la luna, avere sul viso la sensazione che tutto stesse andando bene.

Avevo voglia di alzarmi e saltare, esultare, piangere e autocommiserarmi, avevo voglia di litigare ancora, di baciare qualcuno, farmi accarezzare i capelli – la faccia – fino a addormentarmi, avevo voglia di un pompino. La voglia assurda di essere a Fabbrico.

Chris mi mette una mano sulla spalla, non me lo aspetto. Quel gesto di compassione mi connette col mondo che ho attorno. Il contatto umano mi consola, mi riporta al presente. Anche il suo sorriso lo fa e sorrido anche io, Jacopo sorride e mi alzo, ci abbracciamo, e ci abbracciamo con Manon, con Peter, ci salutiamo. Dico che non voglio se ne vadano, li voglio con me, voglio che la serata non finisca. Improvvisamente sono sobrio, credo.

Le macchine passano e fanno rumore, sollevano profumo di pioggia e asfalto, Jacopo non c'è più, lo cerco con lo sguardo, mi spavento. Ci sono le persone lì fuori che fumano e bevono, sono giovani e mi scrutano, mi fissano e si danno di gomito, mi indicano, ridono. Alzo la voce e all'improvviso urlo contro di loro, vorrei picchiare tutti, riempirli di pugni, di calci. Mi chiedo, nel momento in cui Chris di nuovo mi poggia una mano sulla spalla, se sia la voglia di prenderli, i pugni, i calci, se sia la voglia che qualcuno mi faccia male.

Mi volto, Chris mi dice di stare calmo, sorride ancora. Mi dice che ha un'idea.

Avrei voluto fartelo vedere domani, ma stanotte è perfetto. Seguimi.

Camminiamo e seguo la sua schiena, i suoi passi, mi muovo nell'aria che sembra rarefatta, nella città che si spegne, le finestre buie, le serrande abbassate, nessuno in giro, solo io e lui, il silenzio. Un silenzio che faccio fatica a sopportare, la testa mi rimbomba e c'è qualcosa che lotta per uscire, qualcosa che non comprendo fino in fondo, lo sento ridere, urlare, farsi largo dentro di me. È qualcosa di vivo che voglio stia zitto.

Chiedo a Chris se ha figli, se gli piace il suo lavoro, parlo.

Ci sono giorni in cui mi guardo allo specchio e sono convinto di non vedere quello che la gente vede. Il mio cantante preferito, una volta, si è svegliato e, mentre se ne stava lì a lavarsi i denti, ha avuto un crollo mentale perché ha smesso di riconoscere la persona che stava guardando riflessa.

Gli dico che ho molta paura possa succedere anche a me, che succede anche a me. Non così tanto, spiego. Sono sempre io, sono i dettagli a essere diversi: la dimensione delle orecchie, la punta del naso, la lunghezza della barba, il contorno degli occhi. È una sensazione strana, non l'ho mai detta a nessuno. Mi sembra di essere un personaggio, che un altro scrittore stia scrivendo la mia storia, ogni giorno mi ripensa, aggiunge particolari, ne toglie, li smussa.

Gli chiedo se gli è piaciuto davvero il libro, se lo dice solo per farmi contento. Mi sembra, mentre Chris si ferma davanti a un cancello, mentre si accendono e si spengono i fari di una macchina, mentre un uomo scende e gli stringe la mano, che il tempo – il passato, il futuro, chi sono stato e chi sarò – non esista più. Esiste solo il presente, l'essere qui. Gli chiedo se è arrabbiato.

No, non lo sono. È che se mi parli in italiano non capisco.

Dove siamo?

È un museo.

Cosa ci facciamo davanti a un museo?

Aspetta.

Dobbiamo scavalcare?

Ci apre lui.

Sento Chris che parla in olandese con quell'uomo. Voglio solo tornare a casa, abbracciare mia figlia, mia moglie. Aggrapparmi all'odio che ho per il suo sorriso, mi manca. Mi manca mia figlia e sto per prendere il cellulare, chiamarle, spaventarle. Chris mi dice di seguirlo.

Scendiamo scale a chiocciola che entrano sottoterra, sembra di essere in uno di quei viaggi fantascientifici, paurosi. Seguiamo la luce della torcia, faccio attenzione ai gradini, un piede dopo l'altro, le mani appoggiate al muro di mattoni. Le imperfezioni – le impurità – mi tengono attaccato al reale.

Sono convinto che finita questa scala troverò mia moglie, mia figlia, i miei amici, gli applausi, la sorpresa, i palloncini, i festoni, le birre. Non c'è niente.

C'è una stanza enorme e quadri enormi appesi alle pareti. Sono visi arcigni, cattivi, seri, preoccupati. Mi guardano, giudicano. Chris e l'uomo parlano sottovoce, non li capisco. Io me ne sto impalato, al centro di quell'enormità sotterranea. L'uomo mette un dito sulle labbra. Seguo Chris che continua a sorridere, è tranquillo e mi fido. Le luci non sono accese del tutto, sono soffuse e danno al bordeaux del tappeto, alle pareti e ai quadri lì appesi un'aura di mistero e di inquietudine, guardo la serietà dei visi, i panorami marini, i piatti dipinti. Mi fingo curioso, avvicino la testa e leggo le scritte sotto le tele, le date di inizio e di fine, penso agli anni sprecati da un uomo a dipingere un salmone.

Mia moglie me lo dice ogni tanto: andiamo a vedere una mostra. Le piacciono i quadri, la pittura, quella classica, quella contemporanea. A me no, non la capisco, non riesco a comprenderne la bellezza, non la ammiro, mi annoia. Le dico sempre di no, e mi sembra già di vederla offesa quando le racconterò di questa notte.

Proseguiamo attraverso stanze, pareti ricoperte di legno, tende di velluto verde petrolio, quadri di guerra, cavalli imbizzarriti e cavalieri coraggiosi a domare le bestie. Ci sono mari in tempesta, dame in vestiti scomodissimi, pallide e tristi, sconfortate, al collo hanno gioielli che sembrano veri tanto sono perfetti.

Sono ombre che sembrano muoversi con me, con noi, con Chris che mi fa segno di accelerare, sminuisce tutto quello che ci circonda, cammina veloce. Non capisco ancora cosa ci facciamo lì, davanti a quelle finestre enormi, davanti al quadro di medici che vivisezionano un cadavere, davanti a tutta quella sofferenza dipinta.

Di fronte all'ennesima porta, Chris si volta e mi chiede se sono pronto, non aspetta risposta. Entriamo, e sulla parete c'è un quadro famoso, il viso di una donna. Mi ricordo il libro e poi il film, il successo, tutti che ne parlano. Faccio una faccia stupita, non so cos'altro fare, nascondo la mia delusione per non deludere Chris che è al mio fianco e sorride.

Girati, mi dice.

C'è un quadro piccolo, un paesaggio, la veduta di una città portuale, il sole, le nuvole. L'aria inizia a tremare mentre mi avvicino, non posso fare altro. Cammino, anche le gambe tremano, si muovono da sole.

Sento il mondo resettarsi, i colori del quadro mutare a ogni mio passo, il bianco di quelle nuvole e il grigio sottostante, le ombre e le sfumature che si riflettono sulla superficie dei tetti delle case, sull'acqua del canale, sui vestiti delle poche persone. Mi avvicino e cambia la luce del sole.

Resisto all'impulso di allungare una mano e sfiorare, sentire sulle dita il ruvido del colore, delle pennellate. Faccio fatica. La mano vuole toccare, sentire, assecondare il bisogno delle dita di accarezzare. Chiudo gli occhi per un attimo, sento il rumore del vento tra quei vicoli, gli odori del mare, del salmastro e del pesce che risalgono dalla città. Si espandono dentro e fuori di me.

Sento le voci delle persone, un cane abbaiare. Apro gli occhi.

Il canale è di fronte a me, alla mia sinistra il mare aperto, le onde. Cammino e tutto è reale. Mi sembra logico essere lì, logico muovermi, il rumore dei miei passi, gli odori che persistono, i suoni, ancora, e le folate di quel vento che mi scompiglia i capelli.

Le persone non fanno caso a me, al mio essere vestito in quel modo assurdo, il mio cappotto, i miei jeans, la mia pettinatura.

C'è un uomo, là in fondo, un padre.

Di fianco a lui, dentro una culla di vimini e paglia, un bambino agita le mani nell'aria, gesticola. Le mie mani si agitano, gesticolo. Ciò che vedo sono le mie mani e non lo sono, sono le mani del bambino.

Mi chino su quella culla, sollevo quell'essere umano che respira e scalcia, appena nato, quel bambino che non piange, mi sorride.

Mi riconosco, e lui riconosce me.

E lì, davanti a un mare sconosciuto e lontano, tenendo tra le braccia una versione irreale di me, sono dentro i miei racconti.

Vedo Alice e vedo Giuseppe, vedo Andrea che diventa Jack.

Vorrei chiedere perché sto scrivendo di loro, chi sono, quale sia il motivo per cui siamo tutti lì. Quale sia la storia che mi stanno raccontando.

Vorrei chiedere il finale di quello che ormai è diventato un romanzo.

Vorrei chiedere scusa, chiedere perdono per il male che gli sto facendo, per quello che farò. Vorrei trovare le parole per spiegarmi, giustificarmi. Non le ho, e forse non esistono.

Sono attorno a me: Jack tiene le mani incrociate sul petto, Giuseppe tra i capelli, Alice le tiene in tasca. Mi guardano e i loro occhi sono i miei occhi.

Non sono gli occhi del padre che adesso mi abbraccia, il bambino svanito.

Sono occhi che mi fanno paura. La porta da attraversare per raggiungere il vuoto che mi spaventa così tanto. Sono occhi capaci di morte. Non riesco a smettere di guardarli, fissarli.

Mi sento travolto, e tutto trema attorno a me. Trema il mare e trema il canale, la città e i suoi tetti, tremano le nuvole sopra la mia testa, i profumi degli alberi, dell'erba, della rugiada nelle albe invernali, del sole e dei fiori nell'afa delle estati.

Tremano il profumo e il candore della neve.

Giuseppe si siede fuori dal bar, aspetta, guarda Fabbrico lì davanti, la piazza, i portici, le persone con il giornale sottobraccio, le chiacchiere che fanno salutandosi quando escono dal bar, quando qualcuno arriva e apre la porta. È da solo, seduto, fa freddo. Sente le campane della chiesa che suonano, la fine della messa, ci sono signore che escono dal fornaio, i vestiti della domenica, i cappelli. Si mette a posto la cuffia sulla testa, stringe la sciarpa che ha al collo, si alza e si sistema i pantaloni da lavoro. Si incammina verso il furgone parcheggiato davanti all'edicola di Ercole, apre la portiera e sale, si soffia nelle mani, non saluta suo padre seduto sul sedile del passeggero.

Sei in ritardo, gli dice.

Giuseppe osserva quel viso, quella gamba distrutta dalla caduta, dal suicidio, e non risponde.

Parte, guarda fuori dal finestrino e si allunga per alzare il riscaldamento, mette le mani davanti alle bocchette del vecchio furgone, l'aria impiega un po' a diventare calda, lo fa quando ormai Fabbrico è alle spalle, la strada è dritta e ai lati ci sono campi ricoperti dalla neve scesa durante la notte, in cielo c'è il sole, l'azzurro limpido delle giornate invernali.

Si gode il panorama, i colori, il bianco. La memoria dei racconti di una nevicata micidiale caduta anni prima, quando lui non era ancora nato, l'ultima nevicata seria, uno scarto generazionale che gli pesa. Vorrebbe essere più vecchio, non sa spiegarsi il perché. A volte crede che la vita sia troppo difficile, che la vecchiaia ti metta al riparo dalla sofferenza, che ormai sei alla fine. Altre volte crede sia un bisogno diverso: non quello di essere vecchio, vorrebbe essere saggio. Avere gli strumenti necessari per capire le cose, riuscire a metterle in prospettiva.

Gli piace avere lo stesso nome di un partigiano, un uomo che ha combattuto i fascisti, che ha avuto il coraggio di prendere tra le braccia un fucile e lottare per un futuro diverso, non sa cosa significhi sentire dentro di sé, nel petto, nello stomaco, quella speranza.

È suo padre che parla, che si muove per sedersi più comodo, che racconta:

... eravamo al bar, e tu eri ancora un bambino, non riuscivi a stare fermo, aspettare di fare colazione seduto, zampettavi e correvi in mezzo ai tavoli, era una giornata calda e si stava bene, ti sei seduto sulla sedia rossa lì fuori e ti ho detto di scendere, vieni qui, ti ho detto, vieni che ti racconto una storia, il perché non puoi sederti lì, la storia di un uomo che si chiamava come te. Ti ho sollevato da terra, messo sulle ginocchia, ti ho raccontato di come in un tempo molto lontano ci fossero persone brutte che si chiamavano fascisti, che andavano in giro vestite di nero e volevano che tutti facessero quello che dicevano, che non si poteva mica essere in disaccordo, e ti ho detto che questi fascisti se non obbedivi ti facevano cose brutte e se dicevi che sbagliavano ti mettevano in prigione e ti mandavano via dalla tua famiglia e ti caricavano su un treno e poi non tornavi più e allora, poi, c'erano stati questi ragazzi e queste ragazze che dicevano che a loro non sembrava giusto tutto questo obbedire, tenere bassa la testa, non poter scegliere niente, e dire solo sì, sì.

Poi ti ho chiesto se a te piacesse dire di no e mi hai risposto che dire di no è bellissimo e – Giuseppe si ricorda, adesso, sul furgone con suo padre, lì fuori la campagna che conosce così bene, quei colori così soliti e mai del tutto consolatori –

abbiamo riso e ti ho fatto il solletico e ti ho tutto spettinato e poi ho fatto il nome di questo ragazzo che si chiamava Giuseppe, che era scappato in montagna perché aveva fatto una cosa che se lo avessero preso lo avrebbero addirittura ucciso e questo ragazzo, poi, dopo un po' che era rimasto nascosto, era tornato e aveva combattuto la battaglia di Fabbrico, quella che andiamo tutti gli anni a fare la passeggiata, il 27 febbraio, quella dove ci sono le bandiere, la banda, le persone che poi parlano sul palco, e in quella battaglia, quel ragazzo che si chiama come te, ti ho detto, era stato molto coraggioso e gli avevano anche dato una medaglia, era diventato un eroe come quelli dei fumetti che ti leggevo. Non volava mica, non aveva la super forza, gli occhi che sparano, lui aveva solo il suo coraggio, e si sedeva sempre su quella sedia lì, era la sua sedia e allora non ci si siede mai nessuno, perché è ancora sua, hai capito?

Mi hai risposto che non capivi tanto, ti ricordi?

Hai chiesto se l'altro Giuseppe era ancora vivo, perché se era morto, allora, ci si poteva sedere tranquilli, che tanto lui non arrivava e non si arrabbiava se la trovava occupata.

E io, allora – Giuseppe se lo ricorda come se potesse sentirlo adesso, come se quella voce, dentro l'abitacolo, fosse vera, il riscaldamento ancora al massimo, il rumore del motore, gli uccelli appollaiati e le poiane che scendono in picchiata –, mi ero fatto serio. Non è importante che ci sia o non ci sia, ti ho detto. Finché noi ci ricordiamo di lui, finché ci impegniamo a tenere questa sedia qua fuori, senza che nessuno la tocchi, ci si sieda, Giuseppe non muore, è ancora vivo e vivo è quello che ha fatto, il coraggio che ha avuto, l'esempio che è stato...

Il furgone smette di seguire la strada principale, svolta a destra e il passaggio dall'asfalto allo sterrato fa tornare in sé

Giuseppe, lo allontana dai ricordi che si accavallano, è di nuovo lì, in mezzo alla campagna, sui sassi che fanno rumore sotto le ruote, suo padre scomparso, ora è di nuovo da solo.

Vede l'argine di un fiume poco lontano, un bosco, l'erba verde e umida, timidi raggi di sole la illuminano e il cielo è macchiato di azzurro. Guida piano, si ferma davanti a un cancello di legno, non c'è una palizzata, solo quel cancello che si erge davanti a un'altra strada fatta di erba schiacciata dagli anni, dai continui passaggi, cerca, nel caos di carte e oggetti, un mazzo di chiavi. L'aria, fuori, è uno schiaffo sulle guance, e Giuseppe vorrebbe avere la barba più lunga, infila le chiavi nel lucchetto che tiene serrata la catena, sente il peso del ferro tra le mani e apre il cancello, poi torna sul furgone e suo padre è lì.

Ci sono i fagiani che corrono spaventati, la foschia illuminata dal sole all'orizzonte, le cime delle montagne spuntano al di là della coltre di quella nebbia là in fondo, sembra una nuvola schiantata sulla pianura. C'è il volo degli uccelli allarmati da chissà cosa, un airone immobile in mezzo ai campi.

Giuseppe parcheggia al limitare degli alberi spogli, dei tronchi e dei rami senza foglie, qualcuno ha segni colorati, sono quelli che può tagliare, apre il portellone del furgone per prendere un paio di guanti da lavoro, la sega e un'accetta, la motosega.

Resta attimi a guardare il bosco, l'erba e tutto quello che lo circonda, lì non ha nevicato. Tira la corda per avviare il motore e il rumore della motosega irrompe nell'aria statica della pianura, uccelli si alzano in volo e aironi voltano la testa curiosi, verso di lui, verso il frastuono e verso i gesti incomprensibili che compie. Ci sono case di campagna che sbucano in fondo, a spezzare la linea piatta della pianura, i campi che si inerpicano sui declivi delle colline e il sole che spazza via la foschia, il cielo che si schiarisce e cambia il suo aspetto. Le nuvole tese si fanno gialle e poi svaniscono lasciando libero l'azzurro e Giuseppe alza la testa, osserva le mutazioni della natura, suo padre lo chiama, gli dice di stare attento, non vorrai mica fare la mia stessa fine, gli chiede, sorride.

La lama della motosega fa il suo lavoro tagliando obliqua un tronco, polvere di legno si propaga nell'aria e il secondo taglio è orizzontale e l'albero si inclina e Giuseppe suda, adesso, e l'albero si inclina sempre di più e cade e non c'è rumore quando il tronco si abbatte sul terreno. La polvere dei trucioli si alza e sembra sbuffare e l'odore è di bruciato e di legna fresca, di erba, del freddo che avvolge Giuseppe. Lo schiocco del legno e il tonfo del tronco arrivano sfasati, attimi dopo che l'occhio li ha visti schiantarsi, sembrano ossa che si rompono.

Suo padre è di fianco a lui, rotto nelle ossa, vestito come il giorno della sua morte, Giuseppe si asciuga il naso con i guanti e sta fermo, per un attimo, davanti all'albero caduto, con la stessa deferenza che porterebbe al cadavere di una persona conosciuta, meritevole di rispetto.

Aspetta che torni il silenzio, che la confusione sia dimenticata, si rimette al lavoro. Giuseppe si sistema la cuffia e suo padre gli dà consigli, gli dice di tagliare i rami più piccoli prima di passare al tronco, tagliarlo in parti grandi il giusto per essere bruciate nel camino, nella stufa. Giuseppe vorrebbe rispondere che lo sa, non è la prima volta che è lì, da solo, a continuare l'unica cosa che prima facevano insieme.

Tace e obbedisce, si avvicina alla sommità, parte dai rami più bassi per risalire verso quella che era la cima, appoggia un piede sul tronco e si mette lì, la sega che fa avanti e indietro. Respira lento e profondo, i movimenti calcolati per risparmiare la fatica.

Sente la voce di suo padre: fai piano, non avere fretta, dosa le forze.

Sorride, si concentra sul rumore della motosega, del suo

tagliare, tiene il tempo coi suoni che fa con la bocca, come una batteria, e si accorge di avere i muscoli delle braccia e delle spalle contratti, prova a rilassarli, sente il sudore sulla fronte, sui capelli. Si ferma un attimo per respirare quando il primo ramo si stacca, si toglie la cuffia, la infila nella tasca posteriore della tuta da lavoro e sfila l'elastico dal polso e si fa la coda, si volta e vede suo padre che scuote la testa, che chiede: è presto per iniziare a farsi delle birre, vero?

Prosegue con il lavoro e finisce, per terra ci sono rami spezzati e tocchi di tronco e la polvere è sull'erba, sui suoi vestiti e tra i suoi capelli, il sole è pieno e il cielo azzurro, le nuvole si sono spostate a coprire le cime delle montagne, i colori sono vividi, vivida è l'erba e la terra che lo circonda.

Mangia, annusa l'aria, l'inverno che bussa, l'autunno che si allontana senza fare rumore, il legno e l'erba di nuovo, l'umidità e il profumo della mortadella e dell'erbazzone che diventano una cosa sola. Guarda la legna, quello che è rimasto dell'albero tagliato, vede il tronco sparire dentro quella terra, immagina le radici nascoste lì sotto, si chiede fin dove arriveranno.

Sente suo padre dirgli che è proprio brutto coi capelli lunghi, raccoglie la stagnola dov'era incartato il panino e gliela lancia contro, lo supera e ride, ride anche suo padre. Si rimette a lavorare, raccoglie la legna, la carica sul retro del furgone, fa avanti e indietro e suo padre tace mentre Giuseppe gli passa di fianco, prova a fargli lo sgambetto e Giuseppe inciampa, ride, lo manda a cagare.

Non c'è bisogno che parli ad alta voce, gli dice, ti sento lo stesso.

Stai attento che ti prendono per matto, gli dice.

Giuseppe guida di nuovo, tiene il volante con una mano e con l'altra si massaggia le spalle indolenzite, suo padre sembra stia dormendo, è voltato verso il finestrino e Giuseppe non gli vede gli occhi, non ha sonno, vorrebbe parlare, vorrebbe che suo padre gli parlasse, di qualsiasi cosa, di calcio, di politica, cazzate. La strada si fa d'asfalto, finalmente, e Giuseppe guida fissando davanti a sé, pensa a quando taglierà la legna, alle cose da fare a casa, cosa ci sarà da fare il giorno dopo al lavoro. La luce è diversa, è primo pomeriggio, verrà buio presto. Continua a massaggiarsi i muscoli, quelli delle braccia, delle spalle, muove il collo che sente come bloccato, inizia a cantare, piano, poi sempre più forte, una canzone stonata, di quelle che ballavano insieme alle feste dell'Unità, i piedi di Giuseppe sopra quelli di suo padre, le mani strette, quando tutto era ancora intero. Canta finché suo padre si muove, finalmente, si mette seduto composto, si schiarisce la voce, con le mani tocca i pulsanti del riscaldamento, il cruscotto, non prova a toccare Giuseppe che lo vede incrociare le braccia sul petto, accigliarsi.

Cosa c'è.

In che senso?

Eh, sei lì che hai la smania, ti vedo. Dimmi, cosa c'è?

Fabbrico è più vicina, oltre questo rettilineo, quella rotonda, quella svolta a sinistra, oltre la strada che taglia la campagna appena passato il loro ristorante preferito, oltre i campi coperti da quella parvenza di neve.

È tanto che non mi porti qui a mangiare, papà.

Ti ho detto di non parlare ad alta voce, sembri matto.

Non ci sente nessuno. E poi mi piace di più così, parlare normale.

Hai sentito chi è tornata?

Cosa c'entra?

Hai sentito chi è tornata a Fabbrico?

Sì.

Come stai?

Non lo so.

Cosa farai?

Non lo so.

Il silenzio è diverso, adesso, e Giuseppe vorrebbe odiare suo padre per quella domanda, per aver reso concreta Alice, reale, non più soltanto un ricordo. Gli viene in mente una canzone: *se i sogni sono film, i ricordi sono film di fantasmi*.

Alice adesso è lì, tra quelle vie che finalmente raggiungono, il cimitero che si lasciano sulla sinistra, il distributore dismesso più avanti, nell'asilo che avevano fatto insieme, nelle scuole elementari che avevano fatto insieme, è nel grembiulino rosa e nelle trecce che aveva, nella spilla a forma di fiore azzurro tra i capelli. Il suo fantasma ha ripreso corpo, è tornato in vita. Giuseppe lo sa che presto saranno vicini, lo *sente*.

Sente lo stesso calore nello stomaco, nel petto, nelle mani e nelle dita. Lo sente nelle gambe che tremano, nei piedi che non riescono a stare fermi. Vorrebbe vederla, vorrebbe non vederla mai più.

Non dicono nulla per i chilometri che li dividono da casa di Giuseppe e non dicono nulla quando scendono dopo aver fatto manovra nell'aia, quando Giuseppe scarica la legna e suda ancora nonostante l'aria fredda di quel pomeriggio.

Pensa a quando lei lo aveva lasciato prima di partire, sparire, prima che lui la rivedesse soltanto in televisione, prima di quei giorni trascorsi a chiedergli di tenerla prigioniera nel fienile, prima di abbandonarlo di nuovo. Erano a casa di Giuseppe, era notte e Alice era arrabbiata, piangeva e diceva cose che lui adesso non ricorda. Ricorda il suo viso affranto, la delusione nei suoi occhi, il naso luccicante di lacrime e moccio nella luce gialla e calda della lampada accesa. Giuseppe pregava dentro di sé che lei facesse silenzio, che tenesse bassa la voce, aveva provato a tranquillizzarla come poteva, le accarezzava le braccia, le teneva le mani, aveva pensato a come fosse strano che lei fosse nuda di fronte a lui, com'era possibile che avessero appena finito di fare l'amore.

Vorrebbe ricordare le parole, nel ricordo tutto è chiarissimo, tranne la voce di lei, che è un ronzio, labbra mosse senza emettere un suono comprensibile, nel ricordo sente i sapori, il suo profumo, e la tristezza dentro di lui, qualcosa di profondo, insondabile, una tristezza pura e senza sfumature, nella testa il suono di qualcosa che si spezzava.

Alice si era alzata dal letto, aveva iniziato a vestirsi, lo guardava e non diceva più niente, le sue labbra non si muovevano. Giuseppe era impietrito, la osservava infilarsi le mutande, le stesse che lui le aveva tolto, i pantaloni, gli stessi che lei si era tolta, la canotta che tornava a coprirle la pancia, le labbra corrucciate nella rabbia che lui non capiva, il fazzoletto di carta usato per pulirsi gli occhi e poi per soffiarsi il naso, stropicciato e buttato sul pavimento, i capelli pettinati davanti allo specchio, la molletta messa per tenere a posto la frangia che le stava crescendo e le dava fastidio. L'aveva guardata uscire, chiudere la porta, l'aveva sentita scendere le scale, andarsene.

Tutto gli era parso incomprensibile, senza senso, non aveva capito nulla e aveva pensato fosse una sciocca, avrebbe potuto aspettare la mattina, sarebbe stato più comodo, non ci sarebbero state spiegazioni da dare. Aveva immaginato la faccia dei genitori di Alice che l'avrebbero vista rientrare a quell'ora di notte, le parole e gli sguardi preoccupati, i cos'è successo.

Al suono della porta di casa che sbatteva, Giuseppe si era alzato, si era vestito ed era uscito, faceva freddo e si era dimenticato la sciarpa, era calmo. Tutto si era svolto al rallentatore, il suono dei passi lungo la strada, una sagoma che camminava là in fondo, nel buio e nella bruma di quella notte di fine autunno. Una sagoma che si era fermata, che lo aspettava, il nome di Alice pronunciato ad alta voce che rimbombava sotto la luce arancione dei lampioni, una sagoma che sembrava Alice, e non lo era, era vestita di stracci, una tunica nera a ricoprirla, il cappuccio alzato, una sagoma che non lasciava intravedere il viso, sotto il cappuccio soltanto buio, un buio che non apparteneva a questo mondo, che Giuseppe fissava senza dire una parola, tranquillo, stregato. Un buio che, prima di svanire diventando fumo, aveva parlato: *tornerà*.

Ora, guarda la legna ammucchiata, la campagna che si allunga e sparisce nell'orizzonte, guarda per terra e resta immobile, indeciso. Sente le mani che non sanno stare ferme, i piedi che non sanno stare fermi, i sassi che si muovono sotto il peso delle scarpe. È circondato dal silenzio, dall'attesa, cammina verso il garage e prende l'accetta, torna fuori e posiziona un pezzo di quei tronchi sul ceppo, sente una presenza attorno a sé, sopra di sé, qualcosa di gelido.

Taglia la legna e quel respiro inizia a strisciare e farsi strada sotto i vestiti, gli risale le gambe, lo accarezza, gli accappona la pelle, taglia la legna e il silenzio è rotto dalla lama che spezza i tronchi, dal respiro che diventa affanno, il freddo è salito ancora, quella presenza gli alita sul petto, e i movimenti si fanno più decisi, i colpi più netti, forti e veloci, la lama scintilla nell'aria, illuminata dal sole arancione che non scalda. Al di là del cancello, della strada, al centro dell'argine del canale lì davanti, gli sembra di vedere la sagoma di quella donna vestita di nero che abbraccia suo padre, è fugace, svanisce quando la lama sbaglia e cade sul selciato. Qualcosa cede dentro di lui, la presenza ora sul collo, sulle orecchie e sugli occhi, ha il terrore diventi sussurro, stringe il manico dell'accetta con mani sudate, ha paura e lo lascia andare.

Entra in casa e si lava, piano, fa le cose con calma, con cura, cerca tracce del passato nello specchio, nei capelli che ora sono lunghi, diversi da quelli che lei ricorda. Si riveste e sale le scale, abbassa la botola che cigola, lascia scendere la scala che cigola, sale quei gradini e piomba nel buio, nei movimenti che conosce, nei passi che muove senza il bisogno di vedere, verso la serratura che si apre senza fatica, la porta che si spalanca, il fienile che è rimasto identico. Si siede sui gradini e guarda l'ombra più scura delle catene abbandonate sul pavimento, quella del pacchetto di sigarette che raccoglie, la fiamma dell'accendino che illumina suo padre seduto di fianco a lui.

*

Da quando è tornata, dalla telefonata seguita al dolore al braccio, alle urla di suo marito, ai calci di quando se ne stava sdraiata per terra, le mani a coprirsi il viso, la pancia, lui che non smetteva, da quell'urlare basta basta trasformato in sussurro e poi soltanto in un pianto sommesso, il tempo congelato, il freddo del pavimento che le dava sollievo, i suoi genitori hanno fatto finta di nulla.

Non ricorda di aver preso il telefono, di aver chiamato suo padre, di aver comprato il biglietto del treno, aver detto loro di passare a prenderla in stazione. L'avevano accolta e l'avevano abbracciata, accarezzata e consolata senza fare nessun accenno al gesso che le copriva il braccio.

Senza dire una parola, suo padre aveva guidato e Alice si era sdraiata addosso a sua madre sul sedile posteriore, le mani che le accarezzavano i capelli. Aveva pianto, ancora, e si era odiata. Si era sentita al sicuro e protetta, aveva odiato anche quello. Non voleva essere una vittima, non lo era. Gli sguardi di sua madre e quella premura, le carezze, il silenzio dei suoi genitori, le pungolavano una rabbia che provava soltanto per se stessa. Accettare l'idea che Fabbrico lenisse le ferite.

Le sembrava, di notte, in quella camera, le luci dei lampioni che strisciavano sfumate, quella della luna che, bianca, creava ombre sulle pareti e sui soffitti, di sentire il respiro di Fabbrico che non dormiva, il battere del suo cuore, lo scorrere caldo del sangue sottoterra, tra le radici degli alberi. Le sembrava che Fabbrico fosse viva. Ne sentiva il sorriso, gli occhi mostruosi e gialli, pupille dilatate che la fissavano. Sentiva sulla pelle i nodi della catena che la teneva legata.

Non le sembrava, mentre cedeva al sonno, mentre sentiva le palpebre chiudersi e le carezze di una mano tra i capelli, la mano di sua madre, le sembrava la mano sottile e scheletrica di Fabbrico, di sentire una voce proveniente da una profondità assoluta che le sussurrava una ninnananna.

Si sveglia tardi la mattina, a Fabbrico riesce a dormire. Dorme e si sveglia stanca, apre gli occhi e vede la camera da adolescente che la circonda: i poster alle pareti, la collezione di cd sulle mensole, la prima pagina di un quotidiano il giorno dopo il G8 di Genova, la morte di Carlo Giuliani. Non sa che ora sia, mattina o pomeriggio, ascolta i rumori della casa, il silenzio che la circonda, quando capisce che non vedrà nessuno, si alza. Fa quello che deve fare, la routine la tiene incollata alla realtà, lavarsi i denti, la faccia, vestirsi. Fuori dalla finestra sembra sia una bella giornata, il sole è sbiadito, la luce è sfumata e le piace. Si veste, una vecchia tuta e un vecchio paio di scarpe da ginnastica, un vecchio piumino che le arriva alle caviglie, si mette una cuffia, una sciarpa le nasconde la bocca, il naso, lascia vedere soltanto gli occhi.

Cammina e le piace camminare, le mani infreddolite. Segue il canale, la strada di sassi, incrocia una famiglia coi cani, si scambiano un cenno, ci sono i pioppi sulla sinistra, una fabbrica, un parcheggio di camion, dall'altra parte c'è un quartiere di case verdi che mette tristezza, c'è il sole che le scalda il viso. L'acqua del canale è poca, l'erba è verde, un topo nuota al centro della corrente placida. Cammina fino a quando i sassi si incrociano con l'asfalto della provinciale, attraversa, salta il fosso e atterra sull'erba bagnata di neve, la sente scricchiolare, è in mezzo ai campi, adesso, e davanti a sé ha solo la campagna, stalle e case di mattoni.

Cammina sull'erba, non ci sono strade, sentieri, si gode quello che c'è: gli alberi spogli e la terra morbida, cammina e raggiunge quella che una volta era la casa di Jack, vede il muro di cemento che la nasconde alla vista, fa il giro e l'erba le bagna le scarpe. Guarda il tetto ristrutturato, il cancello automatico. Non è rimasto nulla della casa del suo amico, non la riconosce in quella pulizia, nel vialetto ordinato e nel giardino curato. Ripensa ai muri scrostati, al giallo del fumo sulle pareti, alle ragnatele, ai capelli di Jack spettinati sul cuscino, al viso rilassato che aveva mentre Alice spingeva lo stantuffo della siringa.

Riprende a camminare, il respiro si fa malinconico, il sole si appanna al passaggio di una nuvola e fa più freddo, supera il vecchio caseificio e le stalle dismesse, ricorda le gite con la scuola, la mungitura e il latte che si trasforma in formaggio, l'odore e il profumo del caglio che le facevano assaggiare. Il sole di nuovo si affaccia su di lei e su tutta quella terra che arriva fino alla zona industriale e poi oltre, vorrebbe accelerare il passo e resiste, ora Fabbrico l'accoglie al di là della rotonda, ha le braccia spalancate.

Lascia che il paese la stringa, non le interessa più se qualcuno la riconosce, non ha più ansia. Fabbrico è parte di lei, ora lo accetta. Ripensa a suo marito e alla sua dolcezza, alle sue mani leggere che la toccavano, al modo che aveva di accarezzarla, di farle trovare pronta la cena quando tornava a casa, pensa al modo che aveva di piangere, di chiederle scusa, al modo che aveva di abbracciarla e al calore che lei provava nel perdono che concedeva.

Fabbrico è alle sue spalle. La piazza che ha attraversato, la chiesa dove avrebbe voluto sposarsi e suo marito le diceva di no, le scuole medie dove Giuseppe le aveva regalato quel mazzo di margherite, non mi vuole baciare nessuno, sono brutta, guarda che naso enorme. Lui che l'aveva presa tra le sue mani e l'aveva baciata con gli occhi chiusi.

Sei bellissima, le aveva detto.

A sinistra, il campo di girasoli è soltanto terra arata e scura, Alice percorre un'altra strada sterrata, incrocia cani e padroni, signore che fanno una passeggiata, hanno i visi sfocati, comparse senza importanza che qualcuno non ha avuto la pazienza di descrivere.

La neve le soffoca la voglia di piangere e il sole più basso, il cielo arancione non hanno senso, è sicura non sia passato così tanto tempo. Non sente nulla che non sia la voglia di camminare, la casa che si ritrova davanti è la casa d'infanzia di Jack, vorrebbe osservarla, ritrovare particolari di loro bambini, che un ricordo, uno qualsiasi, affiori e la faccia sorridere. Una forza che non riesce a contrastare le guida lo sguardo, e allora si volta e, al di là della strada, vede le stesse cinque punte sul tetto di tegole nere, le finestre rotte, la stessa cancellata, lo stesso caos di rami e rovi nel giardino.

Sente sulla schiena la sensazione dell'erba e di quei rami ammorbiditi dai piedi di Giuseppe che li aveva calpestati, dalla coperta che aveva steso. Sente il sapore del vino che avevano bevuto, il fresco di quella notte di luglio, il verso delle civette e la luna e le stelle sopra di loro. Sente l'impaccio e le mani che la toccano, le lingue che si cercano, la speranza che tutto sarà bello e memorabile come se lo erano immaginati. Sente, mentre fissa di nuovo quel caos e quei muri e quelle punte e quel tetto, Giuseppe che entra dentro di lei per la prima volta, i suoi occhi che la vedono, il suo viso nella luce di quella notte, sente Giuseppe che la bacia e le sistema i capelli e le chiede se si è fatta male, se le fa male l'erba sotto la schiena.

Lo sente, e non se lo ricorda.

Ricorda Giuseppe bambino, il suo viso timido, il rossore delle guance quando, nel cortile delle scuole elementari, le aveva chiesto per la prima volta se volesse essere la sua morosa, il foglio stretto nelle sue mani, la calligrafia traballante e ingenua, lo stampatello, le caselle alla fine, scegliere quale riempire, il sì o il no. Alza gli occhi al cielo e spera che qualcuno sia lì ad ascoltarla, si ricorda di quando aveva chiesto un segno per Jack, un arcobaleno, qualsiasi cosa. Chiude gli occhi e fa una richiesta diversa, *fammi tornare indietro*, chiede, *fammi tornare a quel momento, fammi cambiare risposta*.

Quando li riapre nulla è cambiato, sospira. Arriva in fondo alla strada e gira a destra, c'è un canale pieno di un'acqua che scintilla di rosa, un furgone più in fondo che si avvicina, la fine di quella passeggiata. Vede un uomo che Alice si aspettava di vedere ragazzo e invece non lo è più. Resta ferma a guardare Giuseppe al centro del giardino, i piedi a scalciare i sassi, le mani che si passa sul viso, lo guarda raccogliere i pezzi di legna, l'accetta che si solleva nel cielo di Fabbrico, ascolta il rumore che fa, gli uccelli che volano spaventati. Spera che lui alzi lo sguardo, che la veda, che la riconosca.

Spera che le sorrida, lo stesso sorriso dietro il mazzo di margherite, un sorriso che spazzerebbe via tutto ciò che è venuto dopo, sa che non succederà. Le sembra di vedere qualcosa che si muove attorno e dentro Giuseppe, una nube, lo guarda che sbaglia l'ultimo colpo, che lascia cadere l'accetta per terra e sparisce dentro casa. Vorrebbe muoversi, adesso, è impietrita. Sente che qualcuno è lì con lei, ne sente la presenza, la pesantezza nell'aria, ne avverte il respiro gelido. Non riesce a spostarsi, è bloccata e non ha paura, non la sente quando vede quella nube che si fa concreta, si trasforma nel corpo di una donna coperta da una tunica nera che ora è al centro del cortile, che si volta e la guarda, prima di svanire di nuovo. Sa che dovrebbe salire le scale, salire in soffitta, varcare la porta del fienile. Sa che troverebbe Giuseppe seduto sui gradini a fumare, il profilo illuminato dalla brace della sigaretta, sente il profumo dell'umidità di quei mattoni, del sudore di quando era lì appesa, il dolore per la morte di Jack che non passava, il perdono che non è mai riuscita a concedersi.

Capisce allora che può di nuovo camminare, attraversare la strada, il cancello, accarezzare il manico dell'accetta, raccoglierla e portarla con sé, attraversare la porta di casa che Giuseppe ha lasciato aperta.

La casa è come la ricordava, niente è cambiato, sembra che Alice sia uscita da lì soltanto qualche ora prima, che non se ne sia mai andata. Si muove lungo il corridoio e nelle stanze, in silenzio, l'accetta trascinata dietro di sé. Le pareti sono spoglie, non c'è nessun quadro, nessuna fotografia, i mobili sono pochi, la polvere li ricopre, ci passa il dito sopra. Entra in cucina e vede il tavolo, la credenza con piatti che Giuseppe non ha mai usato, erano quelli che sua madre teneva per le occasioni importanti, non erano mai arrivate. Sente per un attimo tremare tutto attorno a sé, la casa, la terra sotto i suoi piedi, sente spifferi che l'avvolgono e l'accarezzano, le fanno venire la pelle d'oca, fumo risale dal pavimento e vortica come polvere illuminata dal sole. Aumenta di consistenza e avvolge la stanza, si fa di nebbia, appanna la vista e poi l'acceca e, mentre Alice non riesce a spaventarsi, nell'abbaglio di un battito di ciglia, quella nebbia scompare e tutto si ferma, torna come prima, come se nulla fosse successo davvero, un'allucinazione.

Qualcosa è comparso, sotto la vetrina della credenza, una cornice.

Si avvicina e osserva, al suo interno c'è un piccolo foglio di carta, la calligrafia traballante di Giuseppe bambino, la scritta che chiede ad Alice se vuole diventare la sua fidanzata. Vede la croce che indica la risposta, il *no* segnato con una biro rossa. Vorrebbe prenderla in mano, quella cornice, vorrebbe stringerla, vorrebbe piangere, lasciarsi andare, sente, mentre continua a fissare quella scritta, quei segni sul foglio, la carezza di qualcuno sul viso.

Alice abbassa la testa, chiude gli occhi, sente stretto nel pugno il manico dell'accetta che alza sopra le spalle, il grido che lancia quando la lascia cadere su quella credenza, sulla cornice. La soddisfazione nel vedere tutto andare in frantumi, la fatica di togliere il metallo dal legno, e poi di nuovo la forza che mette per colpire. Di nuovo e di nuovo.

L'accetta cala su tutto, sui piatti dentro la credenza, sui bicchieri e sul tavolo e sulle sedie, diventa balletto di gioia quel colpire, quell'abbattere e, quando tutto è distrutto, quando la forza l'abbandona, quando lascia l'accetta, Alice ha il fiatone e un sorriso bambino sul viso. Le resta soltanto di urlare, ora. Urla ed è disperazione. È la voglia di distruggere Fabbrico, distruggere il peso che si sente addosso, tutte le scelte fatte e tutti gli sbagli, il peso di un destino che la condanna all'infelicità. Un destino che qualcuno ha scelto per lei. E l'unica cosa che vuole, adesso, al centro di quelle grida, mentre Giuseppe esce dal fienile, mentre scende le scale ed è lì, affacciato alla porta della cucina, è la libertà di costruirsela da sola, quell'infelicità.

*

Alice smette di urlare, le sembra di essere vuota, di non avere organi, non uno stomaco, non dei polmoni, non è suo il cuore che le batte nel petto. Il sudore che sente addosso, sui capelli, non è suo. È priva di ogni scopo, di ogni emozione, quelle urla lanciate contro le pareti di quella casa sono la conclusione della lotta. Alza gli occhi e vede Giuseppe, lo spavento nei suoi occhi, la sorpresa di trovarla lì, il luccichio di quello che sembra amore, se soltanto esistesse.

Si alza in piedi, a fatica, le sembra di una difficoltà inumana, la gravità la àncora al pavimento, le fanno male le gambe, le mani, i piedi sono pesanti. Aspetta che Giuseppe dica qualcosa, che parli, che si arrabbi, sottolinei sbraitando l'assurdità del caos – *distruzione* – che è diventata la cucina.

Lui non dice nulla, solo quella bocca spalancata e muta, le mani appoggiate allo stipite della porta.

Alice è stanca, stanca come non lo è mai stata. Si aggrappa a quello che trova per stare in piedi, per continuare a camminare anche se non vorrebbe, anche se ogni cellula del suo corpo le sta dicendo di restare ferma, di restare lì, di abbracciare Giuseppe, farsi consolare, accudire.

Non ha più paura, non ha più niente che non sia il piede che solleva. Il tempo è immobile, Giuseppe è immobile, ogni cosa è silenziosa, ora. Lo è la campagna lì fuori, lo è Fabbrico. Il pavimento si fa liquido e denso e si arrampica e stringe le caviglie e lei non cede, continua, un passo dopo l'altro finché è di fronte a Giuseppe che ancora non si muove, che la guarda, e in quegli occhi è rimasta soltanto la speranza. Alice si ferma, il biglietto che tiene in mano, lo piega, lo mette in tasca e le braccia e le dita che si muovono sono terribile sforzo, lo è il liberarsi dalla densità che l'avvolge, sollevare di nuovo un piede, poi l'altro.

È terribile sforzo attraversare il corpo di Giuseppe che si fa di fumo, svanisce, smette di esistere, e forse non è mai esistito, come mai è esistita lei.

Lo è aprire la porta, lasciare che gli occhi si abituino alla luce, alle nubi ammassate in quel cielo di tempesta, camminare ancora, affrontare la grandine che cade e non la sfiora.

Adesso, nel quadro, è tutto grigio, il cielo e l'atmosfera. Le case, le strade. È grigio il mare, le onde sono un rumore che culla. Appare una donna, è vestita con una tunica nera, un cappuccio le copre i capelli, il viso è nascosto dall'ombra, per riconoscere il nero dei suoi occhi non ho bisogno di vederli. È sempre stata lì, ho i brividi e fa caldo, ora.

Cammino verso di lei, e lei si allontana, leggera, sembra galleggiare, è il vento che la sposta, la rende irraggiungibile. Cammino sotto un cielo inconsistente, ogni mio passo è il ritorno al presente, un luogo che non è più il quadro. Tutto è anacronistico.

Guardo la campagna che attraverso, le strade che si fanno di asfalto, il verde perfetto dei giardini, il quadro ormai scomparso; le case si fanno rade, il verde prende il sopravvento e vedo, alla mia destra, il mare, le onde che si increspano, l'acqua è scura, minacciosa, la spiaggia ampia, e il grigio ammanta tutto.

Cammino su quella sabbia, sento il vento, il bagnato delle onde che si schiantano e rimbombano.

Vorrei vederle il viso, adesso, abbassarle il cappuccio, i capelli mossi dal vento, il sorriso che finalmente si apre, vorrei vederla dentro un vestito di lana, di quelli fatti a mano, vorrei toccarla. Lei che ancora si erge là in fondo, le braccia spalancate un invito a raggiungerla, la veste che sventola al soffio di una brezza che si fa tiepida.

C'è un bosco, adesso, attorno a noi. Alberi dai tronchi

robusti e chiome rigogliose, nemmeno questo mi sembra strano, non mi sembra strano nulla. Non mi sembra strano che attorno a me ci sia il mare, la spiaggia, la brezza che ci sfiora, non mi sembra strano che contemporaneamente attorno a me ci sia il bosco, tronchi di alberi e odore di muschio, foglie verdi sopra le nostre teste.

Seguo quella schiena che si inoltra tra gli alberi, non si volta per vedere se ci sono. Afferro quella mano che mi accompagna a sdraiarmi su una coperta stesa sulla spiaggia, il rumore delle onde che si infrangono zittisce ogni cosa. Ogni cosa – nel bosco, sulla spiaggia – è l'emanazione di lei. E di me.

Siamo seduti sull'erba, sdraiati sulla coperta, le sue ginocchia sfiorano le mie, finalmente mi tocca.

Appare da bere, appare da mangiare: il pane, il salame, vino frizzante che ci riempie i bicchieri comparsi tra le nostre mani.

Vorrei chiederle qual è il suo nome, ho bisogno di sentire la sua voce, apro la bocca e lei allunga un dito sulle mie labbra, mi zittisce e io taccio, mangiamo. Lei mi imbocca e tutto è squisito, lo è il salame e lo è la freschezza del vino. Tutto è così normale che mi viene da ridere e da essere felice, stare lì per sempre, al centro di quel bosco, davanti a quel mare, perso in quegli occhi che mi guardano, in quelle mani che accarezzano il mio viso, i capelli, la mia testa sul suo grembo. La sua lingua che mi accarezza le labbra e la mia che cerca la sua.

Siamo in piedi e le sue mani sono su di me, le mie su di lei.

È il bosco che la spoglia, i rami degli alberi danzano e si allungano come braccia, le tolgono quel vestito, sono le sue mani ad accarezzarmi, a slacciarmi i pantaloni, a stringermi il cazzo, accarezzarlo, sono le mie mani a stringerle il culo, ed è lei che si muove, mi trascina contro il tronco di un albero.

Finalmente sento la sua voce. Non sono parole. Sono versi, i rumori dei nostri baci, della nostra saliva e delle nostre lingue, sono i rumori che faccio mentre mi bacia il collo e il petto, mentre la mia mano sale a stringerle la gola, è il suo sorriso mentre la dolcezza si mischia alla violenza che ci metto nell'entrare dentro di lei, nel baciarla, nel chinarmi sul suo seno, nel succhiarlo e morderlo.

Adesso è primavera e c'è l'odore della salsedine in mezzo a noi e la sua pelle sa di petali, attorno c'è la sabbia su cui siamo sdraiati, il suo vestito ancora addosso. Siamo, poi, di nuovo in quel bosco, contro quell'albero. La sua pelle è arrossata, la sua mano aggrappata al mio polso.

Non lasciarmi, mi dice.

Contro quell'albero lei viene e ride e i tronchi tremano e le foglie tremano, e davanti a quel mare, il suo viso è perfetto, è sotto di me, delicata, ci abbracciamo e baciamo adagio, i suoi occhi ancora, gli stessi che ha nel bosco, diversi. C'è il fruscio del suo vestito, io che piano entro dentro di lei, dolce, e c'è lei che si inginocchia contro quell'albero, che mi prende in bocca il cazzo e che lo lecca e lo ingoia, sputa. C'è lei che sorride e mi accarezza e c'è sabbia tutto attorno, noi due che facciamo piano l'amore mentre in quel bosco c'è il mio orgasmo sul suo viso, il suo rantolo, la sua stanchezza, i segni delle mie mani sul suo corpo, e altrove e qui – insieme – c'è il mio orgasmo dentro di lei, le carezze sul suo viso, i baci sulle guance, sul naso che arriccia, sugli occhi che tiene chiusi.

C'è, qui, l'odore della spiaggia, del salato di quelle onde, i nostri corpi che si tengono stretti. Il buio calato nel bosco ci vede lontani, lei seduta sull'erba, io in piedi, gli occhi di lei fissi su di me, le mani che si puliscono il viso, il bosco la riveste. La tunica nera di nuovo la avvolge, le scarpe tenute insieme dal nastro adesivo, il cappuccio che appare a nasconderle il volto, resta soltanto un sorriso sprezzante che dice: *sei mio, non dimenticarlo*.

E altrove e lì insieme, davanti alle onde, al centro di tutto, la luce del sole squarcia il grigio del cielo, squarcia noi sdraiati sotto un azzurro infinito. Scalda la sua voce che dice: *torna*.

E, di nuovo, trema ogni cosa.

Potrei inginocchiarmi e piangere, circondato dagli alberi, strisciare verso la donna che galleggia ancora nell'aria, chinare la testa, elemosinare compassione, potrei scappare, fuggire, urlare vagando per quel bosco, abbandonarmi alla follia, cedere all'impulso di perdermi, potrei stare sdraiato sulla coperta, abbracciato, stretto, potrei chiudere gli occhi e lasciarmi cullare dal tepore del sole che è ancora lì, alto sui nostri visi, sui nostri occhi.

Potrei aprirli, guardare.

Vedere oltre la spiaggia in cui eravamo, il bosco sparito, ogni cosa svanita, anche lei, anche il mare, vedere oltre l'erba apparsa attorno a me, oltre l'assurdo granoturco che cresce nei campi, oltre il vento che soffia, gli alberi che germogliano, i frutti che scintillano. Vedere al limitare dell'orizzonte le case, l'acquedotto, il campanile della chiesa.

È Fabbrico ciò che ora si staglia e mi invita.

È là in fondo, alla fine di questa strada dritta.

Lo vedrei se non ci fosse questa nebbia che si forma davanti a me, lenta, minacciosa, una nebbia che scende e striscia, si edifica a togliere suono, a togliere vista. Ingoia tutto.

È un muro che si erge in difesa. Impenetrabile.

La guardo formarsi sotto un cielo azzurro che è limpido e paradossale. Ci sono le montagne a segnare l'orizzonte alla mia sinistra, alla mia destra, il sole illumina le cime, le nevi perenni, illumina l'erba, la terra che ho attorno, prima che tutto svanisca nel grigio di quel muro che si muove.

Sento qualcosa che mi chiama. Non è una voce. Non è un sussurro. È sotterraneo, arriva dalla terra, pulsa invisibile, senza fare rumore. È qualcosa che lotta per uscire, per strappare un velo, qualcosa che lotta e accarezza, qualcosa che, metodico, scava.

Ha sapore di ciò che non conosco, un richiamo che sa di salame e di birre e di Lambrusco, di piedi scalzi sull'erba, di pose svaccate sui divani, di abbracci, discussioni fatte nella tranquillità del non essere giudicato. Di risate non sguaiate, di occhi chiusi, sospiri.

Mi sento padre di quello che mi circonda. Al di là di quella coltre che non svanisce c'è casa mia, ciò che ho partorito. E, con l'ultimo passo, quella nebbia inghiotte anche me.

Ho smesso di avere paura.

Andrea ci passava ogni mattina su quel pezzo di terra che adesso è coperto d'erba, lo zaino su una spalla sola, in silenzio, il ciao detto soltanto nella testa. Le prime volte – il giorno dopo, le settimane seguenti – con una mano si asciugava una lacrima. Voltarsi per raggiungere la bicicletta, uscire e andare a scuola, era difficile. Avrebbe voluto restare, fissare quel pezzo di terra con l'assurdo pensiero che tutto era finzione. Cipolla sarebbe apparso e avrebbe saltato e sbuffato, avrebbero giocato.

Col passare del tempo era venuto più facile girarsi e andare, dire al suo cane soltanto un ciao nella testa, la lacrima sparita, più facile dimenticarsi.

Aveva guardato fuori dalla finestra della classe, il giardino della scuola, i tigli lungo la via, le foglie gialle, le macchine che passavano e le persone davanti alla gastronomia, gli operai che entravano in fabbrica per l'inizio del turno del pomeriggio. Si sentiva strano, la sensazione di aver fatto qualcosa di sbagliato, aveva pensato a suo padre, a sua madre, alla solita mattinata, i baci e i saluti prima di uscire di casa. Tutto era sembrato normale. Quando era suonata la campanella, aveva scherzato lungo i corridoi con i suoi amici, si erano spinti, avevano riso, e aveva pensato che non avrebbe dovuto ridere, gli suonava strana quella eco che rimbalzava, quel divertimento.

Aveva pedalato lungo le strade solite, accelerato quando la strada si faceva sterrata. Era arrivato a casa, aveva lanciato la bicicletta al solito posto, aperto il frigorifero e preso il prosciutto cotto, lo stracchino, le patate che sua madre gli aveva lasciato per pranzo, aveva acceso la televisione e, davanti a un programma che non gli piaceva, che guardava soltanto per non mangiare nel silenzio, aveva realizzato che quella mattina non aveva salutato Cipolla.

Era rimasto bloccato, la forchetta immobile, la televisione a coprire i rumori che sarebbero entrati dalla finestra, il cinguettio degli uccelli, il rombo di sporadici trattori. Aspettava qualcosa che non arrivava, e allora, seduto sullo sgabello, aveva capito che qualcosa dentro di lui si era trasformato.

Non era più il dolore per la morte di Cipolla a farlo piangere, era il ricordo. Pensare ai momenti in cui era vivo, al loro giocare, rincorrersi, rotolarsi, le coccole che si facevano e, più di tutto, il rimpianto di non averlo fatto entrare quel pomeriggio, non aver ceduto al suo sguardo.

Era uscito di casa e aveva preso la sedia, si era posizionato al solito posto dimenticandosi la giacca e stringendosi nel maglione, le mani ad abbracciare le ginocchia strette al petto.

Quando suo padre, una sera, al tramonto, gli aveva chiesto di seguirlo, quando si erano seduti sul marciapiede, le schiene appoggiate al muro di casa, lui con una Coca-Cola e suo padre con una bottiglia di vino, la luce del sole che si abbassava nascondendosi all'orizzonte, Andrea aveva capito che quello era il funerale del suo cane, un modo per dirgli addio, salutarlo. I conigli, che il giorno prima scorrazzavano liberi, non c'erano più.

La notte aveva sognato suo padre in giardino, illuminato soltanto dalla luna piena, la stessa canotta bianca che usava per dormire, un paio di pantaloni corti e, in mano, il badile che aveva usato per scavare la buca dove avevano seppellito Cipolla. Non era davvero suo padre, era diverso, nelle movenze e nei gesti, un uomo privo della delicatezza che usava con lui, un uomo che si mimetizzava nell'ambiente, che si chinava in mezzo all'erba alta, si muoveva come un animale a caccia, sottovento, lento e pronto a scattare. La visuale era dall'alto: la canotta bianca di suo padre strisciava in mezzo al giardino, i conigli si muovevano circospetti e ignari, il badile schiacciava la loro testa in un movimento fulmineo, rapace.

Non aveva avuto paura, non aveva provato pena per quegli animali, quello sterminio gli era sembrato un gesto dolce, un gesto d'amore.

Oggi il sole è nascosto dietro un velo di nuvole, ha smesso di piovere da poco e nell'aria c'è l'odore dell'asfalto bagnato che gli piace come poche cose al mondo. Come al solito è a casa da solo, annoiato. Esce fuori e annusa l'aria e il suo profumo, guarda il giardino e la sua casa, il silenzio tutto attorno, i rumori a cui è abituato e che non sente, che fanno così tanto parte di Andrea da non esistere.

Corre in mezzo alle pozzanghere, in mezzo all'erba bagnata, si ferma, si sente sciocco nello spaventare le galline che tentano di volare agitando le ali inutili per i loro corpi troppo pesanti. Cammina verso il garage di suo padre, apre il cassetto del mobile e prende la fionda che lui gli ha costruito, poi torna in giardino e raccoglie le noci cadute, se le mette in tasca e si piazza dietro l'angolo della casa in attesa che qualche uccello si posi sui rami degli alberi, sul marciapiede di cemento.

L'attesa gli piace, gli piace sentire quella specie di ansia, il manico della fionda nella mano, stringere le munizioni, l'idea di cacciare, non farsi scoprire. Strizza gli occhi alla ricerca di qualche bersaglio, lo vede, un piccolo passerotto che si accarezza la testa con un'ala, appoggiato al marmo della fontana al centro del giardino. Respira e trattiene il fiato, i polmoni pieni e gli occhi attenti, prende la mira e, quando lascia andare il respiro, molla anche l'elastico della fionda che lancia la noce. Gli sembra di vederla a rallentatore, non è così, vede il proiettile improvvisato passare a centimetri di distanza dall'uccello che vola via, non sembra nemmeno spaventato.

Non ha mai colpito niente, mai ucciso niente. Si sente strano, quando ci pensa, è incuriosito dall'adrenalina che prova, l'idea che potrebbe essere strumento di morte, il sudore che lo colpisce come un'ondata, il calore che lo percorre, che nasce dentro di lui e si propaga nelle mani che tremano. Si immagina il cadavere di quel passerotto in mezzo all'erba, gli occhi aperti, l'esaltazione delle parole *sono stato io, sono stato capace di fare questo*. È un concetto che gli sfugge, di cui percepisce l'enormità. Ha la voglia di provarlo, sapere se è capace di gestirlo. Perché un momento dopo, quella che prima era esaltazione si trasforma, e diventa altro. Diventa senso di colpa, diventa paura. Terrore. È imbarazzo, vergogna, qualcosa di più. L'ondata si tramuta in maremoto, cavalloni che schiumano giganti al centro dell'oceano, lui una nave in mezzo alla tempesta senza gli strumenti per sopravvivere.

Un'emozione che non sa come chiamare. Gli torna in mente Cipolla, il tentativo di entrare in casa, il suo proibirglielo, gli torna in mente la luna di quella notte, il corpo del suo cane all'interno della buca che avevano scavato.

Ha bisogno di distrarsi, rendere tutto ciò che è così reale di nuovo invenzione, fantastico. Si nasconde ancora, guarda il cielo e guarda le nuvole, vede astronavi che sono puntini nel cielo, e poi più grandi, rotonde, le stesse che vede nei fumetti, nei libri che legge. Le vede emanare raggi luminescenti che calano su Fabbrico, sulla campagna, coni di luce azzurra e rosa e, mentre è nascosto, la fionda unico strumento per combattere quell'invasione, con la bocca ne riproduce il rumore. Striscia contro il muro di casa sua, si guarda attorno, spera che non lo vedano, che non lo scoprano, si affaccia sul cortile, corre sui sassi e sull'erba, la fionda si trasforma in un fucile ionizzante capace di uccidere soltanto alieni e non esseri umani, di strappare quegli invasori dai corpi di cui hanno preso possesso. Si appoggia con la schiena alla colonna del cancello, prende fiato, accende il trasmettitore neurale e cerca di mettersi in contatto con la base militare, coi suoi superiori. Credeva che l'esilio in quel paese dimenticato da tutti fosse una punizione eccessiva per il casino combinato nella missione precedente, al di là della recinzione si nasconde nell'erba che segna il confine con la strada, sta lì, spera che sia alta abbastanza da nasconderlo.

L'astronave è immobile sulla casa al di là della strada, il raggio azzurro ne ricopre il cortile, gli alberi contorti e storti, le siepi rampicanti e minacciose, ricopre il tetto di tegole nere e i cinque comignoli che spuntano e lampeggiano. Il rumore è qualcosa che sfrigola, carne sul fuoco, c'è odore di bruciato e Andrea crede di sentire un canto, una cerimonia, come se le persone che abitano lì dentro lo aspettassero in preghiera.

Sono persone strane, scelte dagli alieni per quello. Una famiglia che non si vede mai, una bambina che avrà la sua età, che non viene a scuola, che non si incontra mai nei parchi, alle feste di compleanno, nessuno sa chi siano, cosa facciano, come si chiamino.

Una volta aveva incrociato il padre, erano al supermercato, Andrea si era allontanato per comprare le patatine, sua madre era ferma al bancone dei salumi. Era la prima volta che lo vedeva dal giorno in cui era morto Cipolla, aveva due carrelli stracolmi di carne in scatola, di cibi che lui non aveva mai mangiato, sembrava stesse facendo la spesa per nascondersi in un bunker, o qualcosa del genere, la spesa di chi attende un attacco nucleare, come nei film che guardava suo padre. Andrea lo aveva fissato e l'uomo doveva aver sentito lo sguardo, si era voltato e lo aveva scrutato da sopra gli occhiali, abbassando leggermente il capo, distogliendolo dall'etichetta del barattolo che stava leggendo.

Aveva sorriso, i denti erano bianchissimi, i capelli pettinatissimi, Andrea si era sentito gelare il sangue, la tentazione di fuggire il più lontano possibile, era rimasto immobile, le patatine strette nella mano. L'uomo lo aveva salutato, una voce normale, come quella di tutti, la cosa aveva spaventato ancora di più Andrea che si aspettava qualcosa di roco o di stridulo, di viscido e cattivo. Aveva parlato ancora, gli aveva chiesto se poteva dargli una mano.

Andrea era stato capace soltanto di fare sì con la testa.

L'uomo gli si era avvicinato, gli aveva mostrato il barattolo.

Secondo te questo può piacere a una bambina che ha la tua stessa età, più o meno?

Andrea aveva stretto e guardato, le dita dell'uomo sfiorate, la pelle come quella di qualunque persona toccata e sfiorata fino a quel momento, niente squame, niente plastica a nascondere chissà quali stramberie cutanee. Erano pesche sciroppate.

Io ne vado pazzo, aveva mentito. Le odiava, e qualcosa gli diceva di non contraddire.

L'uomo aveva ringraziato, aveva appoggiato quel barattolo in cima a ogni cosa comprata e stipata nei carrelli, gli aveva spettinato il ciuffo nel momento esatto in cui la madre di Andrea si era affacciata nella corsia. C'erano stati convenevoli da adulti, inutili. Quelle chiacchiere vuote che Andrea trovava incomprensibili. Poi aveva sentito sua madre chiedere a quell'uomo della figlia più grande, come mai non andasse a scuola.

Facciamo lezione a casa, il mio è un mestiere complicato. Devo spostarmi spesso, è difficile riuscire a programmare anni scolastici.

Ah. Che mestiere fa?

L'uomo aveva fatto un gesto con la mano, come se la madre di Andrea non potesse capire. È complicato, aveva aggiunto.

Be', se vuole che qualche pomeriggio sua figlia venga a giocare con Andrea, lui – lo aveva guardato sollecitando un qualche commento che Andrea non aveva fatto –, noi ne saremmo felici.

Ci penserò, signora, grazie. Non sono io che decido.

Andrea aveva visto negli occhi di quell'uomo uno scintillio strano, che andava oltre le lenti degli occhiali.

Adesso Andrea sente il bagnato dell'erba che passa i vestiti, immagina quella famiglia in cantina, inginocchiata, la madre che tiene in braccio il bambino, immagina i segni dipinti sulle fronti, sulle mani, una lingua incomprensibile, segni che non comprenderebbe nessun essere umano. Ha poco tempo, il raggio dell'astronave sta concludendo l'operazione di impianto alieno nei loro corpi, ha poco tempo perché il sole è calato, fa più freddo, sua madre sarà a casa a breve, lo obbligherà a rientrare, a smettere di giocare. Dal trasmettitore neurale arriva una scarica elettrostatica, una voce metallica che non si sente bene, urla: devi farlo... ora... corri... le città... sono... compromesse... interrompi il flusso. Salvali.

Andrea si alza in piedi e nella sua testa urla, nella realtà corre soltanto, attraversa la strada, e nella campagna che tace si sente soltanto il rumore dei suoi passi, il suo respiro, il suo corpo che si appoggia al cancello. Sbircia al di là, osserva quello che riesce a vedere, il giardino della casa che nessuno tiene in ordine, la porta, poche finestre, una tenda che si muove, una bambina che lo fissa. Ha il viso tumefatto, un livido le colora di viola lo zigomo, il labbro è spaccato, tiene suo fratello, appena nato, in braccio. Dietro di loro, Andrea vede l'uomo del supermercato che afferra la bambina per il collo, che solleva il maschio per il pigiama, quell'uomo che lo vede, lo fissa, poi la tenda che torna al suo posto.

Quando rientra suo padre, Andrea non sa cosa fare, è agitato, vorrebbe dirgli cos'ha visto, denunciare, vorrebbe attraversare la strada nascosto dietro di lui, aspettare e vedere suo padre che prende a pugni quell'uomo, vedere quegli occhiali rotti, il sangue uscirgli dal naso, vorrebbe vedere suo padre che solleva il badile per fracassargli il cranio, ucciderlo, salvare quei bambini.

Ha paura, e non dice niente. Ha paura che la punizione sarebbe peggiore, che quell'uomo sorrida, dica una scusa, racconti bugie per salvarsi, ha paura che suo padre gli creda. Non sa cosa fare e fissa il soffitto, rotola nel letto e a cena non mangia e sua madre e suo padre gli chiedono cosa sia successo, che cos'ha. Dice che non si sente bene, che è stanco. Non è successo niente.

Si mette sul divano, le gambe strette al petto, non guarda veramente il film che suo padre ha messo nel videoregistratore, ascolta sua madre che sparecchia e lava i piatti, i rumori di casa sua, la routine, il sentirsi al sicuro, la mano di suo padre che gli accarezza la schiena mentre sono sdraiati, una mano che non gli farà mai del male. Si alza e senza dire niente sale le scale e, in balcone, osserva il buio della casa di fronte, le cinque punte che si stagliano scure nel cielo nero e senza stelle, un terribile presagio proviene da quella casa, ed è sempre lì, seduto, quando vede il bagliore che illumina per un attimo il buio e poi un altro e un altro ancora e sente il frastuono di quella che sembra una bomba e poi un altro e un altro ancora.

Vede anche suo padre che si precipita fuori, e la canotta è bianca e si muove, lo vede dall'alto mentre al secondo lampo, al secondo scoppio, corre e supera la strada, scavalca il cancello di quella casa come se fosse la cosa più facile del mondo, lo vede sbattere contro la porta e calciarla, sente le urla, sente che implora qualcuno di aprire, il rumore che fanno le sue spallate.

Crede di sentire la porta che cede perché suo padre sparisce all'interno e c'è la quiete della campagna. Qualcosa volteggia, scuro, nel cielo di Fabbrico, qualcosa che sembra vivo, crudele, gli sembra di vedere, in mezzo a quella nuvola, un paio di occhi che lo deridono.

Sente la mano di sua madre che gli stringe le spalle e, nella stretta, la paura che si riposa e si espande, e poi suo padre si affaccia e grida di chiamare l'ambulanza mentre torna verso di loro, mentre ha qualcosa in braccio che non si muove, mentre apre il cancello e attraversa la strada. Lo sta chiamando, gli dice di scendere, e Andrea corre lungo le scale e poi verso suo padre che è inginocchiato davanti alla porta di casa, che sta dicendo a sua madre di chiamare i carabinieri e poi a lui di prendere ciò che tiene stretto al petto, il bambino che ha gli occhi aperti e un body sporco di qualcosa di nero. Qualcosa di nero che gli macchia anche il viso e i capelli e le mani e i piedini che scalciano.

Andrea allunga le mani e vede lo sguardo di suo padre, non chiede nulla, gli viene da piangere e trattiene tutto quello che gli sta esplodendo dentro perché suo padre gli dice: lavalo, puliscilo. E Andrea deglutisce e fa un cenno con la testa e casa sua sembra differente, adesso, mentre suo padre e sua madre escono di casa, si mettono in strada, parlano e sua madre piange e suo padre la stringe e la accarezza e poi le prende le spalle e la guarda e le dice qualcosa prima di attraversare di nuovo la strada, entrare di nuovo in quella casa.

In bagno riempie la vasca e il bambino muove le mani e gli prende i capelli e li stringe e Andrea lo spoglia, lascia che il pigiama e il pannolino cadano per terra, lo accarezza e si libera i capelli e lo mette nell'acqua, lo lava piano, con calma.

Prova a sorridere e prova a essere sicuro e solido come suo padre si aspetta che sia e, mentre l'acqua si macchia di rosa e poi di rosso, il bambino non ha un'espressione, ha solo quegli occhi enormi, quegli occhi che non si chiudono mai, che guardano Andrea e sembrano fargli domande. Lui può solo continuare a lavarlo, può solo sperare che non sia successo nulla di ciò che sta immaginando.

Non ha risposte, ha solo domande, chiede al bambino cos'è successo e il bambino piega il collo di lato e non può dire niente e Andrea può solo guardarlo e pensare che se non piange, se non urla, non è successo niente di grave.

Quel bambino che adesso è asciutto, che è avvolto in un accappatoio troppo grande, quel bambino che continua a nascondersi il viso con le mani strette a pugno, a schiacciarsi gli occhi con i pollici.

La nebbia è densa, stirata, non si vede nulla, non la strada, non i campi attorno, non l'orizzonte. C'è solo il grigio che pare infinito. Ci sono sfumature che si accavallano, correnti che vorticano, si innalzano e si schiantano, la nebbia schiuma e si infrange, si dilata e si ricompone in toni più chiari e poi più scuri.

È viva, si gonfia e si restringe, respira. C'è freddo e l'aria ha un odore che è di terra e di fuoco, di frutta e di erba, di cenere. Respiro, e l'odore si trasforma, è dolce. Ha il sapore dell'infanzia, delle lenzuola, di una casa al limitare del paese, al centro della campagna, una casa che profuma di cibo lasciato a cuocere le ore che servono, di detersivi e di freschezza dell'estate.

Una casa che mi ha visto nascere, mio padre che mi culla, mia sorella che mi fa le boccacce.

Vedo un cielo scuro sopra di me, un uomo che mi tiene stretto, corre, vedo le mani di una donna che mi afferrano, vedo la donna che si china davanti a un bambino, sento parole che non capisco, il bambino che mi stringe, che mi spoglia e mi lava, mi parla e non riesco a rispondergli, vedo un fumo nero che ci insegue, che si impossessa di tutto, di me, della mia vita. Un fumo nero che mi avvolge, che respiro. Scava un buco nero al centro del mio petto, scompare. Resta dentro di me, per sempre.

Vedo tutto questo e non voglio, mi copro il viso con le mani, mi schiaccio gli occhi coi pollici.

La nebbia mi traghetta altrove, ci sono occhi e bocca che

mi osservano, mani che mi accarezzano, una voce che mi dice, *eccoti*.

Attraverso quella nebbia, attorno a me, scorre la mia vita. Mi muovo nel tempo e nello spazio, ripercorro ogni cosa. Sono a scuola, seduto al mio banco, il tema a piacere. La nebbia si sfilaccia e si ricompone, diventa cavalieri e lame insanguinate, cavalli impennati davanti al sole che tramonta sulla desolazione della battaglia, c'è ancora quel fumo che mi avvolge, mi stringe, mi sussurra parole incomprensibili all'orecchio. Un fumo paziente che mi tiene la mano.

Lo sento ridere affettuoso, adesso, la risata si arrampica su quel muro di foschia che si compatta ancora e mi solleva ancora. Tutto scompare di nuovo e tutto rallenta di nuovo.

Lo sento compassionevole mentre mi chino sulle strisce di cocaina, mentre la percezione si amplifica e sento ogni cosa, ingranaggio del mondo, parte di un unico che si espande fino ai limiti di ciò che conosco. Mi sembra di sentirlo, quel fumo, mentre sono le sette di mattina e sono in macchina insieme a persone che non conosco davvero, quando sento l'alba e i suoi colori pastello come una porta per un altrove che so esistere e non riesco a comprendere.

Non lo comprende l'uomo che ha scelto di diventare mio padre, la sua eleganza, il suo disappunto, il rimpianto e il ripensamento, non lo comprende la sua rabbia nel vedermi rientrare in quelle condizioni, barcollante, incapace di parlare, sconnesso dal reale che è così importante.

La nebbia rallenta e mi mostra il suo viso, le sue labbra, la saliva che sputa sulla mia faccia, le parole che mi rinnegano.

Non sei mio figlio, urla.

Guardo la mia vita oltre quella foschia impenetrabile, mi chiedo cosa stia succedendo, mi guardo le mani che svaniscono e si fanno di nebbia, si ricompongono. Sento che *tutto* di me svanisce e si ricompone.

Vedo mia moglie, il suo sorriso, i suoi occhi, le sue labbra e i suoi baci, vedo la sua testa appoggiata al mio petto mentre l'abbraccio, il mio respiro che si placa, si rilassa. Il mio mondo rallenta, la fiducia mi trasforma in qualcuno su cui fare affidamento. Vedo il nostro fare l'amore, la dolcezza nei gesti, la delicatezza e la paura di perderla quando litighiamo. Vedo il suo viso in mezzo a questa stessa nebbia, il nostro orgasmo, la sua pancia che si dilata, il frutto del nostro amore che cresce, diventiamo genitori il pomeriggio in cui decido di scrivere di Fabbrico, il fumo seduto al mio fianco si dissolve, soddisfatto. Vedo mia figlia.

Mi rendo conto, mentre la nebbia di nuovo impedisce di vedere ogni cosa, che qualcuno – *qualcosa* – è sempre stato lì, accanto a me, invisibile, e ora non ho il coraggio di voltarmi. So che potrei guardarla, per la prima volta vedrei il suo viso e, mentre chiudo gli occhi e la nebbia non scompare e le onde si ingrossano e si schiantano di nuovo, percepisco la presenza che mi ha sempre accompagnato, la sento respirare e la sento ridere, minacciare.

È enorme e crudele e amorevole e accogliente e premurosa. La vedo, i suoi occhi mi guardano, le sue mani sono radici di albero, mi avvolgono. Vedo, attraverso di lei, chi sono, chi sono stato. Vedo chi sarò.

Vedo me stesso uscire dalla nebbia sotto un cielo magnifico e azzurro.

Fabbrico è davanti a me: si distende oltre i campi, oltre le case e i capannoni, oltre il campanile, il cimitero, la strada che leggera curva prima del castello, l'asilo e la piazza.

Mi guardo passare lungo strade che scorrono placide tagliando campi rigogliosi che esplodono di colore, il verde dell'erba, il marrone della terra, il giallo dei girasoli che si allunga fino all'orizzonte. Non è strano che la temperatura sia tiepida, che il vento sia caldo, non è strano che i fiori siano sbocciati in colori intensi e pieni. Arrivano odori che profumano di primavera e di estate, di nascita, di petali portati dal vento, di erba tagliata e di fieno accatastato. Ho voglia di stendermi in un prato e stappare una birra, i piedi scalzi che accarezzano l'erba.

Fabbrico è meravigliosa, la vedo. E lì, al centro, vedo me stesso.

Sono Roberto, e queste sono le mie radici.

Roberto cammina e riconosce ogni cosa, è sua, lo è l'asfalto che passa sotto i suoi piedi, la piazza che attraversa, lo sono le persone che incrocia. Non hanno visi, sono soltanto contorni, lo salutano facendo cenni con la testa, portandosi una mano ai cappelli come uomini di altri tempi. Le donne sono quelle che ha conosciuto, quelle che ha amato. Si mischiano e perdono senso, si amalgamano e si muovono, sono le donne che lo hanno ferito, le donne a cui Roberto ha spezzato il cuore.

Le chiacchiere fuori dai bar sono rumore di fondo, non sono parole. Sono maschere che non lo spaventano.

Ha smesso di avere paura, accetta ogni cosa, accetta di lasciarsi alle spalle il paese, le costruzioni addossate al centro, vicino alla fabbrica di trattori di cui non ha mai scritto. Cammina oltre le strade di asfalto, è di nuovo in campagna, e davanti a lui si aprono i terreni, arati, coltivati, davanti a lui sono ancora tutte le stagioni e lo sono nello stesso momento, il cielo azzurro e grigio esplode di contraddizione.

Tutto è ogni cosa insieme e ogni cosa è compiuta.

Sa che ha un luogo da raggiungere e si affida, Fabbrico lo accompagna, gli tende la mano, è una guida silenziosa attraverso le curve delle strade sterrate. Roberto cammina, è davanti alla casa, il tetto nero, le cinque punte che svettano nel cielo irreale, si appoggia e il cancello si apre, cammina lungo il sentiero di sassi, scavalca i rovi e le sterpaglie che lo hanno inglobato, si fa largo tra i rami, le mani segnate da spine.

Raggiunge la porta che scricchiola, il legno gonfiato dagli anni e dalla pioggia sotto le sue dita, i suoi palmi. Spinge e spinge più forte, la porta cede e si spalanca. C'è odore di polvere e di umido, la luce si diffonde ovunque, esplode. Animali si nascondono facendo rumore.

Si rende conto di aver ridestato qualcuno che dormiva, che ora si sveglia, il vento passa attraverso la porta, crea spifferi e trambusto, lo sbadiglio di chi esce dal sonno. Immagina la casa che si stira, le ossa che scrocchiano, apre gli occhi e lo guarda, lì sulla soglia.

Aspetta che succeda qualcosa, qualsiasi cosa. Non succede niente, non sente niente. Il passo che fa è l'attraversamento di un confine. La casa è lì per lui, immobile, in attesa. È insensibile al mondo, ai cambiamenti, al tempo che scorre.

La luce del sole illumina l'ingresso, il salotto che si allarga ai suoi occhi, il divano al centro e il lenzuolo che lo ricopre. Sente, mentre il vento spazza via l'odore di polvere e di umido, l'odore del cibo messo a scaldare, il borbottio di una pentola sul fuoco, sua madre che canta, il profumo della coperta che ha addosso, il calore della culla in cui dorme. Gli sembra di vederla, sua madre, il grembiule, i capelli, la schiena, gli sembra di vedere sua sorella, le sue boccacce, gli sembra di vedere suo padre, i suoi occhi, quelli che ha rincorso per tutta la vita.

Cammina in quella casa, apre le finestre, quelle che riesce, quelle che le piante lì fuori non bloccano, lascia che il sole spazzi via il buio, che la polvere si alzi e danzi sui mobili che sono rimasti lì. Tocca le pareti, il tavolo, la cassapanca, tocca i vestiti in disordine abbandonati sulla poltrona.

Sente il proprio pianto riecheggiare.

Vede il sangue di sua madre in cucina, sul pavimento e sui fornelli, quello di sua sorella che macchia le lenzuola del letto nella sua camera, il comodino e i libri, l'armadio.

Cammina ed è in quella che era camera sua, la culla al centro della stanza e poco altro, le pareti pitturate di azzurro pastello, illuminate da un sole che non ha alcun senso. Il sangue che vede non è il suo: disegna un albero rosso sul muro, una pozza sul pavimento, è di suo padre, e Roberto, ora, si china su quel sangue incrostato dagli anni che sono trascorsi, chiude gli occhi e lo tocca. Suo padre che piange, la canna di un vecchio fucile puntata su Roberto appena nato, l'odore della polvere da sparo, suo padre che si inginocchia, si punta quel fucile sotto il mento, preme il grilletto. Il sangue imbratta i muri, esplode al rallentatore, un fuoco di artificio.

Roberto non piange e ricorda. Riconosce, finalmente, la casa dove è nato.

Altrove, oltre il tempo e lo spazio, la strega sorride ancora. Ha le braccia tese, si libra nell'aria, il vestito si apre spinto dal vento, non ha smesso di grandinare, e ogni cosa, ora, è giunta alla sua fine.

Una folata le abbassa il cappuccio, le spettina i capelli, non le scalfisce il sorriso mentre guarda Alice e Roberto che sollevano lo sguardo verso di lei, Alice giunta fino a lì mentre attorno a lei tutto svanisce, Roberto uscito dalla casa che lo ha visto nascere.

È al centro di quel cielo carico di tempesta che li guarda incontrarsi, riconoscersi, la rabbia di Alice nell'essere finalmente davanti al suo creatore, la pace di Roberto nel vedere lei che respira, si muove, davanti a lui.

Lo guarda inginocchiarsi, il cielo che urla di tuoni e di grandine, i pantaloni si macchiano di quella terra bagnata, le mani si abbassano e stringono l'erba di Fabbrico. Lo guarda abbassare il capo di fronte a lei, in penitenza, sollevare soltanto lo sguardo.

C'è solo un modo per essere libera, le dice, uccidimi.

La fine della prigionia non è l'implorazione di lui. Tutto si consuma quando Alice si china verso Roberto, finalmente viva, ora, le ginocchia bagnate dalla stessa erba, dalla stessa terra, e gli dice: no.

E al termine di quella sillaba persa nel vento, la strega ride, rumorosa, e la risata sono i tuoni che si smorzano, i lampi che cessano, nuvole che si sfaldano e il cielo che si fa azzurro, la grandine che si ferma, improvvisa. Quella sillaba è il sole che arriva prepotente, i raggi che colpiscono le vesti della strega, la spogliano del nero e la lasciano nuda, ora, sopra Fabbrico e sopra Roberto, sopra Alice, e la nudità è un attimo, un attimo soltanto prima che appaiano vesti linde che la avvolgono, un abito scintillante che la riveste di bianco.

RINGRAZIAMENTI

Vorrei ringraziare la mia casa editrice, tutta. Per avermi dato la fiducia e il supporto necessario per scrivere questo libro. Vorrei ringraziarla per la pazienza, quando all'inizio tutto era ancora un magma confuso nella mia testa e non riuscivo a spiegare nulla di quello che avrei voluto fare.

La MalaTesta Literary Agency per quella serata a Torino.

I miei amici di Fabbrico, sempre.

Jacopo Masini per il titolo, la copertina e un sacco di altre cose.

Mirco De Riva perché se sono – quasi – "sette anni che faccio questo mestiere" è soprattutto merito suo.

Francesco Guccini, perché è Francesco Guccini.

Ringrazio alla fine mia moglie, l'unica persona di cui non scriverò mai, l'unica che ha un senso.

INDICE

FINITO DI STAMPARE NEL MESE DI FEBBRAIO 2022
PRESSO CONSORZIO ARTIGIANO LVG (AZZATE)

Printed in Italy